एक बीघा प्यार

[उपन्यास]

एक बीघा प्यार

अभिमन्यु अनत

राजकमल प्रकाशन

ISBN : 978-81-7178-970-2

मूल्य : ₹495

पहला संस्करण : 1972
छठा संस्करण : 2019

प्रकाशक : राजकमल प्रकाशन प्रा. लि.
1-बी, नेताजी सुभाष मार्ग, दरियागंज
नई दिल्ली-110 002

शाखाएँ : अशोक राजपथ, साइंस कॉलेज के सामने, पटना-800 006
पहली मंजिल, दरबारी बिल्डिंग, महात्मा गांधी मार्ग, इलाहाबाद-211 001
36 ए, शेक्सपियर सरणी, कोलकाता-700 017

वेबसाइट : www.rajkamalprakashan.com
ई-मेल : info@rajkamalprakashan.com

मुद्रक : बी.के. ऑफसेट
नवीन शाहदरा, दिल्ली-110 032

EK BIGHA PYAR
Novel by Abhimanyu Anat

एक बीघा प्यार

एक

आज तक उसने कभी भी अपने भीतर किसी तरह का डर अनुभव नहीं किया, पर इस समय डर ही की तरह कोई चीज थी उसकी अपनी आती-जाती साँसों में। गहरी नींद में अचेत सोया गाँव कभी-कभार कुत्तों के अकारण भूँकने से चिल्ला उठता था। वह जिस जगह पर था वहाँ इमली के पेड़ की घनी छाया के कारण आकाश के तारे झाँक नहीं पा रहे थे। अपने इर्द-गिर्द के लिपटे अँधेरे में उसके लिए यह जानना कुछ कठिन था कि सुनाई देने वाली वह पैरों की आवाज किस निश्चित दिशा से आ रही थी। वह जोगिया के पैरों की चाप नहीं थी इसका उसे पूरा विश्वास था, क्योंकि तीस का होकर भी जोगिया ऐसे चलता है मानो जीवन में पहली बार जूते पहनकर चलने का अभ्यास कर रहा हो। अपने पैरों को उठा-उठाकर रखने के कारण उसकी चाल से एक दूसरे ही ढंग की आवाज पैदा होती थी। उसकी उस चाल के लिए ही कुछ लोग उसे जोगिया बतख कहते।

जून महीने की ठंड उसकी हड्डियों तक समाती चली जा रही थी। पेड़ की आड़ में अपने काँपते शरीर को अपने में समेटे वह खड़ा रहा। इमली के पत्ते ठंड से झर-झर काँप रहे थे। वह अगर अपने को पेड़ से अधिक चिपकाए हुए था तो इसलिए नहीं कि उसे ठंड का डर था बल्कि जिस बात का उसे इस ठंड से भी अधिक डर था वह थी किसी की नजर। वह नहीं चाहता था कि जोगिया के अलावा किसी भी दूसरे व्यक्ति की नजर उस पर पड़े क्योंकि उसके ठीक

सामने चमेली का घर था। हर देखनेवाला यही सोचेगा कि वह उसी के घर से आ रहा है। गाँव के बहुत-से लोग चमेली के घर आते-जाते रहते हैं। गाँव के सबसे बदनाम धरमवा को छोड़कर कोई भी दिन-दोपहर उसके घर जाने का साहस नहीं कर सकता। धीरे-धीरे पैरों की वह आहट थमती गई और फिर एकाएक अँधेरे में खो गई।

अपने भीतर की अब तक की रोकी हुई साँसों को छोड़कर उसने राहत की नई साँस ली और ताम्बी की दुकान की ओर देखा। उसके बरामदे के झिलमिलाते प्रकाश में सूनापन तैर रहा था। रह-रहकर उस बन्द दुकान के अन्दर से नशीली आवाजें सुनाई पड़ जाती थीं। अपनी तरकारियों और 'गाजाक' के लिए प्रसिद्ध ताम्बी की यह दुकान साधारण ग्राहकों के लिए अपने दरवाजे सात बजे ही बन्द कर देती है, पर खास ग्राहकों से उसके भीतर की रमणीकता ग्यारह बजे रात तक बनी रहती है। आगे के दरवाजे बन्द होते ही पीछे का लकड़ी का दरवाजा खुल जाता है। जिससे झूमते हुए लोगों का आना-जाना बना रहता है।

गाँव का हर व्यक्ति कह सकता है कि एक दिन पुलिस इंस्पेक्टर को इस बात का पता चल गया था और दस बजे रात को उसने दुकान में छापा मारा था। सभी लोग यह भी कहेंगे कि ताम्बी तो ताम्बी ही ठहरा। शराब की दुकान चलाने के साथ-साथ उसे कुछ और बातें भी आती थीं। इसलिए जब इंस्पेक्टर आन्द्र उसकी दुकान से बाहर निकला तो इस विश्वास के साथ कि वह फिर ताम्बी को तंग करने, उसके कामों में टाँग अड़ाने न आएगा। एक मुस्कान के साथ यह बात कहते हुए वह वहाँ से निकला था, हाथ में मखमली कागज का पार्सल लिये हुए।

सोम अपने दोनों मित्रों को इसलिए पीछे छोड़ आया था क्योंकि वह नहीं चाहता था कि जोगिया तीनों को एक साथ देखकर हँस दे और कहे—'वाह! एक के मुकाबले तीन!'

और फिर जोगिया जैसे व्यक्ति से निबटने के लिए सोम ने अपने आपको पर्याप्त समझा था। वह अपने और जोगिया के घर के बीच में था। जोगिया कभी भी यह नहीं कह सकेगा कि जगह ठीक नहीं थी। करीब आध घंटे से वहाँ खड़े-खड़े उसे ऐसा लगने लगा था कि धीरे-धीरे ठंड भी काँपने लगी है। कुछ

लोगों के लिए या बहुत-से लोगों के लिए क्रोध समय के साथ शिथिल पड़ जाता होगा, पर उसके अपने भीतर की जो उष्णता थी वह समय के साथ बढ़ती ही जा रही थी। उसमें प्रतिशोध की गरमी के मुकाबले उस व्यक्ति को एक सबक देने की अधीरता अधिक थी। यही कारण था कि वह नहीं चाहता था जोगिया एकदम नशे में बाहर आए। वह चाहता था कि उसके सामने जो बातें की जाएँ वह उन्हें सुन और समझ सके। वह उसे अपनी सफाई देने का मौका भी देगा, इसके बाद वह जो उचित समझे, करे। अगर उसने अपने दोनों मित्रों को घर भेज दिया था तो सिर्फ इसलिए कि वह नहीं चाहता था इस अँधेरी रात में कुछ अनुचित हो और बात आगे बढ़े! बात के आगे बढ़ जाने का डर उसे इसलिए नहीं था कि जोगिया खानदानी ठहरा और राजनीतिक नेताओं का उसके घर आना-जाना होता रहता है। इस बात से तो वह डरता ही न था, आज तक किसी बात के लिए वह नहीं डरा है। अपने मित्रों से अपने बाप के स्वर में हमेशा यही कहता है कि दो तरह के लोग डरते हैं; एक वह जिनका काम अच्छा नहीं होता और दूसरे वह जिन्हें अपने ऊपर विश्वास नहीं।

दूर तक के घरों की छिटकी हुई रोशनी ठंड से जमी हुई थी। वे उसके अपने खयाल थे जो जलते मोम की तरह पिघल-पिघलकर उसके ऊपर टपक रहे थे। दूसरों के मुँह से सारी बातें सुनकर सबसे पहले वह घर पहुँचा था पर उसका भाई कुछ ग्राहकों के कपड़े छोड़ने बाहर गया हुआ था, इसलिए उसकी प्रतीक्षा किए बिना उसने विमला से एक-दो प्रश्न किए और घर से बाहर हो गया था। इससे पहले कि विमला कुछ समझ पाती या उसे समझाती, वह शाम के धुँधलके में खो चुका था।

इन्तजार की बेसब्री से ऊबकर उसने चाहा कि सीधे ताम्बी की दुकान में पहुँचकर दूध का दूध और पानी का पानी कर दे, पर सोचा कुछ घड़ी और ठहरकर देख ले। जब उसे खयाल आया कि उसकी दोनों मुट्ठियाँ बँधी हुई हैं तो उसने धीरे-से उन्हें शिथिल कर दिया और फिर वे अपने आप खुल गईं। एक बार मन में आया लौट चलें, कल उससे निबट लेंगे, पर नहीं, वह सब कुछ आज ही तय कर लेना चाहता था। जोगिया की खानदानी ताकत की चर्चा उसने बहुत सुनी थी, एक बार उसे आजमाकर भी देख ले। इमली के पत्तों के बीच

से ठंड के मारे एक-दो चिड़ियों के कराहने की आवाज उसके भीतर सिहरन पैदा कर गई। उसने आँखें उठाकर ऊपर की ओर देखा। एक भी चिड़िया उसे दिखाई न पड़ी। अलबत्ता ठंड के कारण सिकुड़े-से एक-दो तारे झिलमिलाते दिखाई दिए, जैसे कोई हाथों से मुँह छिपाकर अँगुलियों के बीच से झाँक रहा हो। अँधेरा भी ठिठुरा-सा लग रहा था। तभी उसने किसी को चमेली के घर से निकलते देखा। केवल आकृति दिखाई पड़ रही थी। एक भयभीत-सी आकृति। चमेली के आँगन से हटकर आम सड़क पर आते ही आकृति की चाल में एक परिवर्तन आ गया था। निर्भीकता!

एक दूसरे आँगन से एक कुत्ता दौड़ता हुआ आया। कुछ दूर तक आकृति के पीछे-पीछे भूँकता रहा, फिर ठंड से काँपता हुआ अपने आँगन को लौट गया। उधर ताम्बी की दुकान से भी दो व्यक्ति निकले। मस्तानी चाल में एक-दूसरे के कन्धे का सहारा लिये झूमते हुए वे सोम के पास से गुजर गए। रात के उस सन्नाटे में उनके काफी दूर निकल जाने के बाद भी सोम को उनकी आवाजें सुनाई पड़ती रहीं।

"हमारे लोग तो चाँद पर जब चाहे जाया करते थे।"

"अपनी समझ में एक बात नहीं आती। क्या चाँद पर पहुँचने के अलावा इन्हें कोई दूसरा काम दिखाई नहीं पड़ता? भला यह भी कोई काम है? फायदा क्या है?"

"धरती का बोझ हल्का करने के लिए शायद ऐसा किया जा रहा है।"

"धरती को नापाक करके अब इनसान चाँद को भी नापाक करने पहुँच गया।"

कुछ क्षण के लिए जोगिया को भूलकर सोम भी चाँद के बारे में सोचने लगा। शराबियों की बातों से अलग वह अपने ढंग के विचारों में पल-भर के लिए खोया रहा। इस बीच आँखें उठाकर उसने चन्द्रमा-विहीन आकाश की ओर भी देखा। दोनों शराबियों की अस्पष्ट आवाजें सुनाई पड़ती रहीं। बालू के भारी बोझ से चीत्कारती हुई एक लॉरी रास्ते से गुजरी उसकी रोशनी में उसने दूर तक देखा, दो-तीन आवारा कुत्तों के अलावा रास्ता सुनसान था। लॉरी की रोशनी हटते ही वह फिर कुछ सामने आकर अँधेरे को देखता और महसूसता

रहा। तभी इमली के पत्तों की झरझराहट के साथ उसने अँधेरे के उस करुण स्वर को सुना—'करुणा का क्या होगा?'

यह स्वर कोई तीन-चार बार उसके कानों में गूँजता रहा। इसके बाद उसने अपने ही स्वर को सुना—'तुम्हें कुछ नहीं होगा चाची! तुम्हारे वकील का कहना है कि तुम्हारी रिहाई हो जाएगी।'

फिर वही स्वर उसी करुणा के साथ—'करुणा का क्या होगा? अठारह की होकर वह आज भी बच्ची है। उसे तो कुछ भी नहीं आता, कौन आश्रय देगा उसे? अगर उसे घर के काम-काज भी अच्छी तरह आते तो कहीं-न-कहीं से एक रोटी तो मिल ही जाती, पर कौन उस पगली को अपने यहाँ के काम-काज में लगाना चाहेगा?'

'तुम नाहक चिन्ता कर रही हो चाची!'

जोगिया का खयाल अँधेरे में खो गया। वह करुणा का खयाल था जिसने उसे एकाएक अपने में जकड़ लिया था। वह पागल नहीं थी, पर पागल जैसी अवश्य लगती थी। आसपास के सभी लोग उसे पगलिया कहकर पुकारा करते थे। वह तो लोगों की इस बात को जैसे समझती ही न थी, पर सोम को यह अच्छा नहीं लगता था कि लोग उसे पगलिया कहें। लेकिन वह किस-किस को मना करता फिरता। केवल करुणा की माँ और सोम दो ही व्यक्ति थे जो उसे करुणा नाम से पुकारते थे। इस सम्बोधन से वह हँसती नहीं थी और उसका वह गाम्भीर्य सोम को बहुत अच्छा लगता था।

अँधेरे का स्वर कुछ अधिक भारी होता है और उससे मुक्त होना भी उतना ही कठिन। ऐसे तो उसे अपने भाई का खयाल सबसे अधिक था। वह एक तरह की दया थी जो प्यार के साथ एक सूत्र में बँधकर बहुत अधिक घनी हो गई थी। वह अपने भाई को बहुत महत्त्व देता और बेहद चाहता था। अगर उसका भाई पक्षाघात-ग्रस्त न होता तो शायद सोम उसे इतना प्यार न करता। हीरा उसका बड़ा भाई था, फिर भी सोम उसका कुछ इस कदर खयाल रखता था गोया वह उससे छोटा हो। यह केवल इसलिए कि उसका भाई लकवे का शिकार था और इसलिए भी क्योंकि अपने शक्तिहीन पैरों से हीरा गाँव के बहुत-से अच्छे-खासे लोगों से भी अधिक परिश्रमी था। यह आसपास के सभी लोगों की आवाज थी।

इन्हीं कारणों से वह अपने बड़े भाई को बहुत महत्त्व देता था, पर इसके साथ-साथ करुणा भी थी जिसे वह कम महत्त्व न देता था। करुणा के भोलेपन से उसके भीतर की दया अपने आप उमड़ आती थी। अपने इर्द-गिर्द की किसी भी लड़की के चेहरे पर उसने वह मासूमियत नहीं देखी। उसने हमेशा उजाले से अधिक अँधेरे को चाहा है और वह अँधेरा ही होता है जब करुणा के बारे में कुछ अधिक सोचने को वह विवश हो जाता है। लेकिन इस समय भारी रात की तरह करुणा के भारी खयालों को वह झकझोर देना चाहता था।

हवा कराहने लगी थी। कुत्तों के भूँकने में सिहरी आ गई थी। उसकी बेसब्री बढ़ती गई। ताम्बी की दुकान के बरामदे की रोशनी ठंड से अब भी जमी हुई थी। बगल से उसने कुछ मिश्रित आवाजें सुनीं। जानते देर न लगी कि एक कुतिया के पीछे कोई सात-आठ कुत्ते पड़े हुए हैं। एक-दूसरे पर गुर्राते हुए वे चमेली के आँगन में चले गए। एक बार फिर चमेली की याद आ जाना उसके लिए बड़ा ही स्वाभाविक था। कुत्तों की गुर्राहटें आसपास की ठंड की परतों को फाड़ती हुई प्रतीत हुईं। उन कुत्तों के साथ-साथ सोम ने अपने बारे में सोचा और उन तमाम लोगों के बारे में भी जो सामने के आँगन से होते हुए चमेली के धुँधले कमरे में प्रवेश करते हैं। किसी से सुनी हुई बात के आधार पर उसे भी ऐसा ही लगा कि आदमी और कुत्ते के बीच कभी-कभार बहुत अधिक अन्तर नहीं होता।

शीत की सर्द बूँदें टपकनी शुरू हो गई थीं। सोम ने देखा जोगिया की आकृति ताम्बी की दुकान के बरामदे के प्रकाश से गुजरकर उसकी ओर बढ़ रही है। वह जोगिया ही था इस बात में उसे तनिक भी सन्देह नहीं था। उसने अधिक नहीं पी रखी थी इसका भी सोम को पूरा विश्वास हो चला था, क्योंकि उसकी चाल सीधी थी। उजियाले से हट जाने पर उसकी वह आकृति अदृश्य हो चली थी, पर धीरे-धीरे उसके पैरों की आहट सुनाई पड़ने लगी। उसके पैरों की आहट पहचानकर उसने लम्बी साँस ली और अपने को सँभालकर खड़ा हो गया। मन-ही-मन सोचा और उसका पहला प्रश्न तैयार था। पदचाप अधिक स्पष्ट होती गई और उसके साथ-साथ उसकी धूमिल आकृति भी सामने आती गई। इमली के पेड़ की घनी छाया से हटकर सोम खुली जगह में आ गया जहाँ

अँधेरा उतना गहन न था। जोगिया पास पहुँचा और उसने सामने से गुजर जाना चाहा, पर तभी सोम ने आवाज बुलन्द की, ''ठहरो जोगी!''

जोगिया सहमकर खड़ा हो गया। अँधेरे में उसके चेहरे का उड़ा हुआ रंग परखा न जा सका। उसने कतराकर निकल जाने की कोशिश की। सोम उसका रास्ता रोके एकदम आगे आ खड़ा हुआ था—''इतनी जल्दी तुम यहाँ से नहीं जा सकते!''

''बात क्या है?'' बड़ी कठिनाई से जोगिया ने प्रश्न किया।

''मैं जानना चाहता हूँ कि तुमने इतनी बड़ी हिम्मत कैसे की?''

''मैं तुम्हारा मतलब नहीं समझ रहा हूँ।'' जोगिया के स्वर में लड़खड़ाहट थी।

''घबराओ नहीं, समझ जाओगे! पर पहले तुम मुझे यह समझाओ कि तुमने मेरे भाई पर हाथ उठाने का साहस कैसे किया?''

''मैं...मैंने उसे कुछ नहीं किया था...वह तो अपने आप...।''

''गिर गया था? लँगड़ा जो ठहरा! जोगी, तुम्हारे तो दोनों पैर हैं, फिर भी, याद होगा तुम्हें, जब तुम गिरने लगे थे तो मेरे उसी भाई ने तुम्हें सँभाला था?''

''सोम, सच मानो, मैंने तुम्हारे भाई को...।''

''तुमने मेरे भाई को मारा नहीं, क्योंकि तुममें किसी को मारने का दम ही कहाँ है! तुमने तो एक अपाहिज को केवल ढकेला था। उसके माथे से जो खून बहा था वह तो यों ही बह गया था। तुमने उसे जो गालियाँ दी थीं वह भी केवल इसलिए कि उसने तुमसे वे पैसे माँगे थे जो तुम उसे धारते थे।''

''मैं हड़बड़ी में हूँ, घर पर मुझे जरूरी काम है, सोम, मुझे जाने दो!''

''गिड़गिड़ा क्यों रहे हो?''

''कल दिन में तुम मुझसे इस बारे में बातें करना।''

''खानदानी रोब में बातें करने लगे!''

तभी एक मोटर सामने से गुजरी। उसकी रोशनी में सोम ने शीत से भीगे जोगिया के चेहरे का भय देखा और जोगिया ने सोम के चेहरे का क्रोध।

''मुझे माफ कर दो सोम!''

सोम की बँधी हुई मुट्ठी खुल गई। जोगिया की बाँह पकड़कर उसने कहा, ''यह माफी तुम्हें मुझसे नहीं, मेरे भाई से माँगनी है।''

"तुम्हें वचन देता हूँ, कल सुबह ही मैं तुम्हारे घर आकर..."

"जोगी, अगर तुम्हारी हड्डियाँ तुम्हें प्यारी हैं तो अभी, इसी वक्त मेरे घर चलोगे!"

"इतनी रात गए?"

"डरो नहीं, मेरे साथ होने से मेरा कुत्ता तुम्हें काटेगा नहीं।"

"वर्षा हो रही है।"

"शीत को वर्षा मत कहो! चलते हो या नहीं?" उसकी बाँह को जकड़कर उसे झकझोरते हुए, इस बार सोम ने खिसियानी आवाज में कहा।

"चलता हूँ, मेरी बाँह तो छोड़ो!"

"अपने भाग्य को सराहो कि तुम देर से बाहर आए। कुछ मिनट पहले आए होते तो मैं तुमसे प्रश्न न पूछता बल्कि तुम्हें उत्तर देता...ईंट का पत्थर से!" यह कहकर उसने उसकी बाँह छोड़ दी और दोनों चलने लगे।

कुछ देर तक चुप चलते रहने के बाद जोगिया ने हाथ से अपने चेहरे पर की बूँदें पोंछते हुए धीरे-से कहा, "बहुत देर हो गई है, घर पर लोग मेरी राह देख रहे होंगे।"

"अगर रास्ते में मैंने तुम्हारा मुँह नहीं तोड़ा तो घर पर भी नहीं तोड़ूँगा, इत्मीनान रखो! एक बार पहले भी तुम मेरे भाई को गाली दे चुके हो। यह तुम्हारी दूसरी हरकत है। पहली बार मैंने बात अनसुनी कर दी थी। इस बार केवल माफी मँगवाकर तुम्हें छोड़ रहा हूँ। आइन्दा तुम खुद समझ लेना।" सोम ने नरमी को तजकर कहा।

इस समय उसे भी अपने मोटे चमड़े पर ठंड महसूस होने लगी थी। शीत से उसके कपड़े अधभीगे हो चले थे। बस कुछ ही कदमों के बाद उसका भाई उसकी प्रतीक्षा कर रहा होगा। उसे देखते ही वह प्रश्नों की बौछार कर डालेगा, फिर जब जोगिया पर उसकी नजर पड़ेगी तब उसके चेहरे का भाव न जाने कैसा होगा। उसे इस बात की खुशी तो न होगी यह वह अच्छी तरह जानता था, पर यह न जानता था कि इसकी उस पर क्या प्रतिक्रिया होगी।

दो

जोगिया के चले जाने के बाद क्षण-भर का सन्नाटा रहा। अँगीठी के अंगारों के ऊपर से अपने दोनों हाथों को लेकर अपने कानों के पास सेंकते हुए हीरा ने अपने छोटे भाई की ओर देखा।

"तुम्हें ऐसा नहीं करना चाहिए था सोम!"

"जोगिया खानदान वाला है, कल कौन जाने इसका बदला लेना चाहे!" विमला ने अपने बड़े भाई की बात पूरी करते हुए कहा।

"पूरा गाँव उसके खानदान से डर सकता है, मैं नहीं डरता।"

"पर यह बात तुम्हें बताई किसने थी?" हीरा ने अपने दोनों गरम हाथों को दोबारा कानों पर रखते हुए कहा।

"जिन्होंने सभी कुछ देखा था।"

"तुमने बिना सोचे-समझे इतना कुछ कर दिया...खैर, जाकर खाना खा लो।"

"हाँ चलो, नहीं तो तरकारी फिर से ठंडी हो जाएगी।" विमला अपनी जगह से उठती हुई बोली।

अपनी छोटी बहन के पीछे रसोईघर में पहुँचकर सोम ने आत्म-सन्तोष की लम्बी साँस ली और कोने से सन का खाली बोरा खींचकर उसे चूल्हे के पास रखा और बैठ गया। विमला थाली लेकर भोजन निकालने लगी और वह एक लकड़ी लेकर राख के भीतर के अंगारों को ऊपर करने लगा।

"विम्मू! मैंने जो कुछ किया उसे भैया पसन्द नहीं करते हैं न?"

"तुम तो जानते ही हो कि जोगिया के परिवार के लोग किस तरह के हैं!"

"पर मैं उनसे डरता थोड़े ही हूँ!"

"पानी में रहकर मगरमच्छ से बैर नहीं किया जाता भैया।"

"उनकी ताबेदारी में रहनेवालों को ऐसा सोचना चाहिए, हमें नहीं। हम अपना कमाते हैं, अपना खाते हैं। उन लोगों से डर-डरकर ही गाँववालों ने उनका हौसला बढ़ाया है। लोग उनसे डरते और दबते हैं तभी तो वे और अधिक डराते और दबाते हैं।"

गिलास का पानी उसके हाथ में थमाकर विमला ने थाली में दो पराँठे रखे, बैंगन और मटर की मसालेदार तरकारी और टमाटर की चटनी। अपनी बहन के हाथ से थाली थामते हुए सोम ने कहा, "एक हरी मिर्च देना।"

उसकी थाली में मिर्च रखती हुई विमला बोली, "तुम बहुत अधिक मिर्च खाते हो इसीलिए क्रोध भी तुम्हें अधिक आता है।"

"अगर सचमुच ही मुझे क्रोध बहुत अधिक आता तो तुम्हारे सिर के ये घुँघराले बाल इस तरह घने न होते।" रोटी का पहला टुकड़ा मुँह तक पहुँचाते हुए उस कहा।

"रोज तो खींचते रहते हो मेरे इन बालों को।" ठुनककर विमला बोली।

"क्रोध से थोड़े ही करता हूँ।"

"प्यार से करते हो!"

"दुलार से करता हूँ।"

"तुम्हें एक सलाह दूँ?"

"तुम और सलाह? खैर, सुनूँ तो सही।"

"इस तरह का प्यार-दुलार आनेवाली भाभी से न करना वरना लेने के देने पड़ जाएँगे।" कहकर विमला मुस्कराती हुई रसोईघर से बाहर हो गई। घर के भीतर जाने से पहले उसने सोम से कहा, "चिराग बुझाकर दरवाजा बन्द कर देना।"

भोजन के समय सोचते रहने की सोम की पुरानी आदत थी। उसे यह गवारा नहीं था कि कोई भी उसके भाई का अपमान करे। उसे वह दिन आज भी

याद है जब उसकी माँ जीवित थी। बाप की सूरत उसने देखी थी केवल सात वर्ष के लिए। वह भी अब उसे याद नहीं, पर माँ की सूरत हर वक्त उसकी आँखों में रहती है। वह उस दिन के बारे में सोचने लगा जब अपने हाथों की बैसाखी को फेंकते हुए उसके बड़े भाई ने माँ से कहा था, 'माँ, तकदीर ने मुझे अपाहिज बना दिया तो इसका यह मतलब नहीं कि इस बात के लिए मैं अपनी तकदीर को सराहता रहूँ। इस बैसाखी के सहारे जीने का तो यही मतलब होगा। मैं अपने भाग्य से लड़ना चाहता हूँ माँ! मुझे लकड़ी के इस अवलम्ब की कोई आवश्यकता नहीं। मैं सभी लोगों की तरह जीना चाहता हूँ, अपने खुद के पैरों पर खड़े होकर!'

माँ के साथ-साथ उसे भी यह देखकर कुछ आश्चर्य हुआ था कि दूसरे ही दिन से उसका भाई बिना बैसाखी के चलने-फिरने लगा और कुछ ही दिनों बाद लँगड़ाते हुए कन्धे पर कुदाली थामे वह खेतों की ओर चल पड़ा था। गाँव के सभी लोगों ने उसके भाई को हैरत से देखा था।

आज उनमें से बहुत यह कहते हैं कि अपाहिज हीरा अच्छे हाथ-पाँव वाले मर्दों से बेहतर है। इस पर उसका भाई हँसकर कहता, ''यह गलत है कि मेरे पास उनसे अधिक ताकत है।''

आज तो सोम भी औरों की तरह यह महसूस करता है कि उसके भाई के पास जो लगन है वह बहुतों के पास नहीं। कॉलिज की तीन कक्षाओं तक पढ़कर अगर अब वह कॉलिज नहीं जाता है तो इसका जिम्मेदार वह खुद था। हीरा के लाख कहते रहने पर भी उसने पढ़ाई जारी नहीं रखी। उसकी पढ़ाई बन्द हुए आज तीसरा वर्ष है, फिर भी हीरा इसके लिए उसे आज भी कोसता ही रहता है और कहता रहता है कि अब भी वह पढ़ाई शुरू कर दे। कॉलिज छोड़ने का विचार उस समय उसके भीतर पैदा हुआ था जब एक शनिवार को वह अपने भाई का खाना लिये खेतों के बीच पहुँचा था। उस कड़कती धूप में अपने भाई को खून-पसीना एक करते देख उसका हृदय दहल-सा उठा था और मन-ही-मन उसने प्रतिज्ञा की थी कि किसी भी हालत में वह यह बोझ अपने भाई के अकेले कन्धों पर नहीं छोड़ेगा। ऐसा करना उसकी अच्छाई का नाजायज फायदा उठाना था।

उस समय उसे ऐसा लगा था कि उसके भाई ने किराए पर जो दो बीघा जमीन ली है वह अपने ही बलबूते नहीं। अकेले में दो बीघा खेत सँभालना उसके लिए कठिन ही नहीं, असम्भव था। दूसरे ही दिन सोम भी खेतों में पहुँच गया था। कड़कती धूप को किसी तरह सहकर शाम को जब वह घर लौटा तो उसकी माँ उसे देखती ही रह गई थी। उसके झुलसे हुए चेहरे को चूमकर उसने कहा था, ''नहीं सोम, खेतों की धूप तुम्हारे लिए नहीं है।''

''तुम्हें तो मेरी हिम्मत बढ़ानी चाहिए माँ।''

''क्या हालत बना रखी है अपनी! कल से सीधे मन कॉलिज जाना। खेतों के काम तुमसे नहीं होंगे।''

''उस दिन जब भैया पहली बार खेतों को गया था तो तुमने एक बात कही थी।''

''मुझे याद नहीं।''

''तुमने कहा था कि खेत बरसात के पानी से नहीं लहलहाते, वे मजदूर के पसीने की बूँदों से अपनी हरियाली पाते हैं। आज पहली बार मेरे शरीर से पसीने की इतनी मोटी धाराएँ बही हैं।''

सोम की इस बात पर उसकी माँ ने उसका माथा चूम लिया था। दूसरे दिन जब सोम ने अपनी माँ से कहा कि इस बार वह अधिक पसीना बहाएगा ताकि खेत अधिक हरे-भरे हों, तब उसकी माँ उसे खेतों में जाने से रोकना चाहकर भी नहीं रोक सकी थी। सोम को पढ़ा-लिखाकर सरकारी नौकरी में बिठाने का उसका वह सपना बिखर गया था, पर उसके पतले होंठों के बीच उसने जो मुस्कान देखी थी उससे उसे काफी खुशी हुई थी।

अपनी मृत्यु से पहले सोम की माँ ने अपने दोनों बेटों को अलग-अलग बुलाकर एक-दूसरे के खयाल के साथ-साथ विमला का भी खयाल रखने की बात कही थी। सोम अपने जीवन की बहुत सारी बातों को भूल देख सकता है, पर अपनी माँ के होंठों की उस अन्तिम मुस्कान को वह कभी नहीं भूल सकता। कभी-कभार विमला जब किसी गम्भीर बात पर मुस्करा जाती तो सोम को अपनी माँ की याद आ जाती और उसकी वह आखिरी मुस्कान उसकी आँखों के सामने झिलमिला उठती।

लोग यह सोचने को विवश थे कि इतनी सरदी पहले कभी नहीं पड़ी। ऐसा प्रतीत होता मानो अब बर्फ गिरने में देर न थी। रात को सोते समय ठंड कम्बल और चादर को भेदती हुई शरीर और फिर हड्डियों से टकराती रहती। कुछ घरों में जहाँ अभाव पराकाष्ठा पर होता वहाँ लोग अपने ही में सिकुड़े अपने ही शरीर से अपने शरीर को ढाँपे किसी तरह रात बिता पाते। अपनी चारपाई पर पड़े हुए सोम करुणा के बारे में सोचने को विवश था। वह भलीभाँति जानता था कि इस समय उसके ऊपर सन के पुराने बोरे के सिवाय और कुछ न होगा। बोरे के उन समस्त छेदों से होते हुए ठंड उसकी पसलियों में समा जाती होगी। यह जानने को कि करुणा के लिए सरदी की यह रात कितनी लम्बी होती होगी, पिछली रात उसने बिना ओढ़े सोने का प्रयत्न किया था पर ऐसा करना बहुत ही कठिन था।

रात आधी जा चुकी थी। चारों ओर गहरी खामोशी थी। ठंड के कारण सभी कुछ जम-सा गया था। यहाँ तक कि झींगुर और कुत्तों की आवाजें भी जम गई थीं। चूँकि हर परिस्थिति में उसे नींद आ ही जाती थी इसलिए सिर तक कम्बल ओढ़े वह सो गया।

सबेरे वह काफी देर से उठा। सूरज काफी ऊपर आ चुका था। यह जानकर कि उसके भाई ने इस समय खेतों में काम शुरू कर दिया होगा, वह भी वहाँ पहुँचने को जल्दी-जल्दी तैयार होने लगा। नल के पानी में अजीब ठंडक थी। उसके स्पर्श मात्र से हाथों की अँगुलियाँ ठिठुरकर निर्जीव-सी हो जातीं। तैयार होकर घर से बाहर जाने से पहले उसने हमेशा की तरह अपनी बहन के बालों की लम्बी वेणी को एक बार जोर से खींचा और भोजन की टोकरी के साथ खेतों की ओर चल पड़ा। अपने बालों के खींचे जाने पर विमला 'उई माँ' तो अवश्य करती थी पर भाई के चले जाने पर वह उस विचित्र स्नेह पर अपने आप मुस्कराती रह जाती थी।

रास्ते में राधन और यूसुफ सोम का इन्तजार कर रहे थे। दोनों उसके साथ हो लिये। कुछ दूर चलने पर यूसुफ ने सिगरेट का लम्बा कश लेते हुए पूछा, "कल रात जोगिया से डर गए थे क्या?"

"उससे क्यों डरता?"

''तो फिर उसे उतने आदर के साथ अपने घर क्यों ले गए थे?''

''तुम्हें कैसे मालूम कि मैं उसे अपने घर ले गया था?''

''क्योंकि हम दोनों तुम्हारे पीछे-पीछे थे।''

''इस खयाल से कि अगर जोगिया दूसरी तरह पेश आता तो तुम लोग बीच में कूद पड़ते?''

''खैर, यह बताओ कि तुम उसे अपने घर क्यों ले गए थे, क्योंकि तुम्हारे बीच की बातें हम नहीं सुन सके थे?''

''माफी मँगवाने।''

''माँगी उसने माफी?''

''हाथ जोड़कर।''

यूसुफ और राधन ने एक-दूसरे को देखा।

''तब तो हम दोनों ने अच्छा नहीं किया।'' राधन बोल उठा।

''क्या किया तुम दोनों ने?''

''मैंने तो केवल उसे कान पकड़वाया था, पर यूसुफ ने उसे थप्पड़ भी जमा दिया था।''

सोम ने अपने दोनों मित्रों की ओर देखा। जोगिया को थप्पड़ मारकर दोनों ने अच्छा किया था या नहीं, क्षण-भर को वह इसी चक्कर में पड़ा रहा। कुछ भी हो, वह अपने मित्रों का अप्रत्यक्ष रूप से आभारी था। उन्होंने जो कुछ भी किया था उसके पक्ष में ही किया था।

पक्की सड़क छोड़कर वे लोग कच्ची सड़क पर आ गए थे। सूरज की लोलुप किरणें रास्ते के बीच की घास से ओस की बूँदों को सोखने लगी थीं। तीनों के आगे-आगे रामदत्त गोसाईं की बैलगाड़ी क्वींक-क्वाँक करती हुई चली जा रही थी। पुरानी ढीली गाड़ी के इस संगीत के साथ-साथ रामदत्त गोसाईं भी अपनी ही धुन में आवाज मिला रहा था—

...सरदी की रातवा में
जियरा जब काँपन लागे
मुनिया की यादवा में
नींदवा मोहे कैसे लागे...

रामदत्त गोसाईं ने जीवन में चार शादियाँ कीं, पाँच बैल बदले, तीन गाड़ियाँ खरीदीं, पर गाना उसे केवल एक ही आता था। गरमी के मौसम में उसे कभी किसी ने गाते नहीं सुना। वह केवल सरदी की सुबह-शाम होती थीं जब बिरहा की धुन से वह ठंड को चुनौती देता सुनाई पड़ता था। ठंड चाहे कितनी ही असह्य क्यों न हो, उसका असर उसके अधनंगे शरीर पर होता ही न था। शायद इसीलिए राधन का बाप कहा करता कि सरदी में एक दम गाँजे के आगे चार कम्बल भी किसी काम के नहीं।

गफूर मियाँ के खेत के सामने पहुँचकर राधन और यूसुफ ने सोम से बिदाई ले ली और वह अकेला नदी की ओर चल पड़ा, जहाँ उसके सब्जियों के खेत थे। वह बरगद के पेड़वाली उस मुँडेर के पास पहुँचा जहाँ कल से उसने एक खरगोश को निकलकर भागते देखा था। यह जानते हुए भी कि खरगोश के बिल में हाथ डाल देने से वह उसमें दोबारा नहीं लौटता, उसने पत्थरों को हटा-हटाकर बिल में दूसरे खरगोश की खोज की थी। अपने हाथ की टोकरी को सामने की चट्टान पर रखकर उसने एक बार फिर बिल के भीतर झाँका। उसे खाली पाकर उसने टोकरी उठाई और चल पड़ा। बगल के तम्बाकू के खेत में दुरपद निराई कर रही थी। उससे आँखें बचाता हुआ सोम सामने से निकल गया। वह नहीं चाहता था कि वह बुढ़िया उसे अपने पास बिठाकर रोने-गिड़गिड़ाने लगे। एक ही बेटा था उसका जो उसे छोड़कर आज शहर की खाक छानता फिरता है। पिछली बार जब सोम से उसकी भेंट हुई थी उस समय वह अखबार बेचता था। सोम को उस पर हैरानी होती। अच्छा-खासा खेत छोड़कर वह शहर की गलियों में जीवन व्यतीत कर रहा था।

सोम ने अपने गाँव के बहुत-से नौजवानों को अपने घर के वातावरण से असन्तुष्ट पाया था। वे ऐसे लोग थे जिनकी स्थिति उससे बहुत अच्छी थी, फिर भी न जाने कौन-सी इच्छाएँ रखते थे वे अपने भीतर। उन तमाम नवयुवकों की भाव-भंगिमा से ऐसा प्रतीत होता कि वे सभी कुछ अपने ढंग का चाहते हैं। ऐसे तो सोम भी कुछ परम्पराओं को नकार देना चाहता है पर उस हद तक नहीं। उसके ये मित्र अपने परिवार, अपने समाज, अपनी शासन-प्रणाली—सभी से बगावत करना चाहते थे। कभी-कभार सोम अपने को उनके साथ पाता, पर

बाद में उसे लगता कि ये लोग संवेदना के शिकार हैं और अपने आपसे भाग रहे हैं। वह उनके साथ होते हुए भी अपने आपसे भागना नहीं चाहता था। वह उनके विद्रोह का पक्षधर था, पर कभी उसे ऐसा भी महसूस होता कि दकियानूसी को तोड़ने का दावा करनेवाला यह वर्ग डपोरशंख था। अपने आपमें बहुत तर्क करने के बाद वह इस बात को अधिक महत्त्व देने लगा कि कहते रहने और चिल्लाने से यह बेहतर है कि हम कुछ-न-कुछ करते रहें। कथनी-करनी के भेद से अपने को बचाना उसने अधिक अच्छा समझा। विद्रोही बनना वह भी पसन्द करता था, क्रान्ति उसकी अपनी धमनियों में भी थी, पर अपने आपसे भागना उसे गवारा नहीं था। असन्तोष के बीच भी सन्तुष्ट हो जाना उसे आता था। अपने छोटे-से परिवार से वह कुछ इस तरह बँधा हुआ था कि उससे अलग जीने की कल्पना उसके लिए नितान्त असम्भव थी। अपने देश तथा अपने गाँव के हर युवा आन्दोलन से वह वाकिफ था। उनमें सक्रिय भाग लेने के लिए हमेशा वह लालायित-सा रहता, पर इसके साथ-साथ उसे अपनी जिम्मेदारी का भी खयाल था। उसे अपने चन्द दोस्तों पर तरस आता जो अपने अध्ययन और अवलम्बहीन परिवार को तजकर इधर-उधर मारे फिरते हैं। उनकी आँखों की निरीहता को देख वह उन्हें समझाने की कोशिश करना चाहता है, पर यह समझकर कि ऐसा करना निरर्थक होगा, वह मन मसोसकर रह जाता। कभी एक अजीब दुविधा में पड़कर भी वह यही मानता कि वह भी युवा आन्दोलन के साथ है, वह भी यही चाहता है कि एक अवसर उन्हें भी मिले।

जिस समय वह खेत पर पहुँचा, उसका भाई अपने एक अंग के सहारे बैठा क्यारी से बैंगन के पौधे छाँट रहा था। मड़ई में टोकरी रखकर सोम दो दिन पहले कोड़ी दरियों में खाद डालने लगा। शरीफा की सूखी डाली पर बैठी दो मैनाएँ धूप सेंक रही थीं। मैनाओं का एक दूसरा झुंड नदी की ओर उड़ा जा रहा था। एक तीसरी जोड़ी नारियल के पेड़ से चाँय-चाँय किए जा रही थी। उसके अपने ढंग का एक खयाल दिमाग में आ गया और अपने ही में मुस्कराता हुआ वह खाद बिछाता रहा। धूप सेंकनेवाली मैनाओं की जोड़ी उसे अपने गाँव के उन तमाम युवकों की तरह लग रही थी जो करने लायक कोई काम कर ही नहीं पाते। हर सुबह दुकानों के बरामदे में बैठे वे ताश के पत्ते बाँटने के लिए साथियों

की प्रतीक्षा में रहते हैं। सुबह के सूरज की किरणें भी उनके भीतर की जमी हुई शिथिलता को पिघला नहीं पातीं। नदी की ओर उड़ी जानेवाली मैनाएँ उन लोगों की तरह थीं जो रोटी की तलाश में निकलते हों। इस झुंड को वह बड़ी ही श्रद्धा के साथ देखा करता था। नारियल के पेड़ पर बैठी चाँय-चाँय करती मैनाएँ उसके लिए उन नौजवानों की तरह थीं जो जहाँ भी होते हैं, बरसाती मेढक की तरह टर्र-टर्र करते रहते हैं।

मिल के भोंपे की आवाज सुनकर जब वह हाथ धोने कुएँ के पास पहुँचा उस समय रामदत्त गोसाईं भी अपनी खाने की टोकरी लिये सामने से आता दिखाई दिया। सोम के पास पहुँचते ही उसने जो पहली खबर उसे सुनाई उससे सोम की भूख ने भीतर-ही-भीतर आत्महत्या कर ली। हाथ-पाँव धोना भूलकर सोम एकटक उसकी ओर देखता रह गया। उसे उस खबर से बहुत अधिक आश्चर्य तो न हुआ था पर वह उसके आगे के परिणाम को सोचकर स्तब्ध था।

तीन

रामदत्त गोसाईं की ओर देखते हुए सोम ने पूछा, ''पर चाचा, तुम्हें यह खबर कैसे मिली?''

''सुबह के समय नन्दू का बेटा पढ़ रहा था। अब बेचारी करुणा क्या करेगी?''

सोम भी यही सोच रहा था कि अब करुणा का क्या होगा। उसकी माँ को आठ वर्ष की सजा हो गई थी। आठ वर्ष तक करुणा किसके सहारे रहेगी? सोम के मस्तिष्क में एक ही साथ बहुत सारे प्रश्न उठ रहे थे और बिना उत्तर के मिट भी जाते थे।

किसी तरह हाथ-पाँव धोकर वह मड़ई के पास पहुँचा। उसका भाई बोतल के पानी से हाथ-मुँह धो रहा था। रामदत्त गोसाईं को देखकर पूछ बैठा, ''क्यों चाचा, आजकल बहुत कम दिखाई पड़ते हो?''

''अरे, अभी उसी दिन तो तुम्हारे साथ बैठकर खाया था।''

''सप्ताह होने को है।''

''उधर मँगरू के यहाँ भी खाद पहुँचाना था।''

हीरा ने टोकरी से भात के दोनों बरतन निकाले। एक सोम की ओर बढ़ाकर दूसरा खुद खोलने लगा। सोम की भूख मिट चुकी थी, पर अपने भाई के सामने भोजन न करना जरा कठिन था। न चाहते हुए भी अपना बरतन खोला और अँगुलियों से दबाते हुए परांठे का पहला टुकड़ा तोड़ा। चाहा कि अपना बरतन लिये वह शरीफा के पेड़ के पास चला जाए, पर आज तक उसने ऐसा कभी

नहीं किया था। उसके सामने का प्रश्न और भी जटिल हो चला जब उसके भाई ने अपनी दो रोटियों में से आधी रोटी तोड़कर उसके बरतन में रखते हुए कहा, "आज मुझसे बहुत कम काम हुआ है, इसलिए भूख भी कम लगी है।"

सोम हमेशा यही सोचता रहता कि उसके बड़े भाई का नाम हीरा रखकर उसके बाप ने अपनी बुद्धिमानी ही जताई थी, पर लोग कहते हैं कि उसका बाप तो सोने और चाँदी के फर्क को भी नहीं पहचानता था। बात-बात पर उसका भाई उसे यह एहसास करने को विवश कर जाता था कि वह अच्छाई का अवतार है। एक तरह से उसकी उसी खासियत के कारण सोम अपने को विद्रोहियों के साथ मिला नहीं पाता था। इधर-उधर की पत्र-पत्रिकाओं से अपना भविष्य और चरित्र पढ़कर तथा यह जानकर कि वह सिंह राशि का है, वह अपने भीतर के सभी अन्य भावों को दबाकर अपने-आप पर आश्चर्यचकित रहता। बचपन ही से बात-बात पर ठुनकना, फिर बड़े होकर तुनकना उसकी ऐसी आदत थी जो वह समय के साथ छोड़ता आ रहा था। उसके सामने अपने भाई की वे सारी अच्छाइयाँ थीं जो उसे अपने चरित्र में परिवर्तन लाने को विवश कर जातीं। अपनी माँ के जीवन-काल में वह बात-बात पर हाथ की चीजें पटककर चिल्लाने लग जाता था। कुछ दिनों तक वह इतना विद्रोही था कि उसके मित्र भी उसके सामने सहम जाते थे। आज वह अपनी उन विद्रोही आदतों से बगावत कर चुका था। अपने भाई के सामने खाना न खाने की हिम्मत उसमें न थी। किसी तरह अपने भाई की आँखें बचाकर उसने धीरे-से एक रोटी बरतन में छिपाकर उसे बन्द कर दिया।

बैंगन के पौधे बोते हुए उसका ध्यान करुणा पर अटका रहा।

करुणा के बारे में सोचते हुए उसकी माँ की सूरत भी सोम के सामने झिलमिलाने लगी। वह खुद नहीं जानता था कि किसलिए वह उस बूढ़ी औरत की निर्दोषता पर इतना अधिक विश्वास करता था। उसके हाथों सैकड़ों बच्चों का जन्म हुआ था। सैकड़ों को उसने जीवन-दान दिया था। केवल एक बच्चा था, एक अविवाहित माँ का बच्चा जोकि जन्म लेने से पहले करुणा की माँ के

हाथों मर गया था। वह बात उस बड़े घर की चारदीवारी में रह जाती अगर वहाँ ननद-भौजी में दुश्मनी न होती तो। उस दिन पुलिसवालों के साथ जाने से पहले रोते हुए उसने सोम से कहा था, "विश्वास करो मैंने पैसे के लिए ऐसा नहीं किया। उसके प्रतिष्ठित बाप की इज्जत बचाने के लिए, उस पर दया करके मैंने वैसा किया...उस समय खुद मुझे यह मालूम न था कि मैं क्या कर रही हूँ।"

वह बहुत-कुछ कहती रह गई थी, पर उस समय सोम परिवार नियोजनवाली बातों पर भी सन्देह से गौर कर रहा था। पाप-पुण्य पर अपना निजी विचार निर्धारित करना उसके लिए हमेशा टेढ़ी खीर प्रतीत हुई है। उस समय भी वह यही सोचता रह गया था कि पाप क्या है और पुण्य क्या है?

खेत से लौटते हुए वह अपने काम के मैले कपड़ों के साथ करुणा के घर पहुँचा। उस समय आसपास के कुछ लोग उसे धीरज बँधा रहे थे, पर वह बच्चों की तरह रोती ही जा रही थी। सोम पर नजर पड़ते ही उसकी सिसकियाँ और तेज हो गईं। लेकिन इतने लोगों के सामने उसे सहानुभूति देने का साहस सोम के अन्दर नहीं था। लोगों के मन में जो कुछ आ रहा था, वे कहे जा रहे थे। कोई यह कहकर उसे चुप कराने की कोशिश कर रहा था कि उसे अपने जीवन के बारे में कोई चिन्ता नहीं करनी चाहिए, क्योंकि सरकार की ओर से उसे आर्थिक सहयोग मिलेगा। कोई कहता पगली, हम तुम्हारी देखभाल करेंगे। कोई आठ वर्ष को आठ दिन की तरह छोटा बताता। दस-पन्द्रह मिनट तक उसके बरामदे में बैठे रहने के बाद बिना कुछ कहे सोम वहाँ से अपने घर चला आया।

विमला अभी-अभी कालेज से लौटी थी। उसे अपने पास बुलाकर सोम ने उससे कहा, "जल्दी-जल्दी रसोई का काम पूरा कर लो, शाम को हम करुणा के यहाँ चलेंगे!"

"सचमुच उसकी माँ आठ साल के लिए कैद कर ली गई है?"

"हाँ।" उसने छोटा-सा उत्तर दिया।

शाम को रसोईघर के कामों से विमला के निवृत्त हो जाने पर उसे लिये सोम करुणा के घर पहुँचा। उस समय वहाँ केवल दुरपद सामने बैठी उसे समझा-बुझा रही थी। करुणा के चेहरे की मासूम मायूसी सोम के बहुत भीतर तक प्रवेश कर गई। वह, वह उदासी नहीं थी जिसे हमेशा देखने का सोम आदी

था। उसमें शायद भविष्य की चिन्ता जैसी कोई चीज भी नहीं थी। वह मात्र बिछुड़न की रेखाएँ लिये हुए अपने ढंग की निराली उदासी थी जो दूसरे चेहरों पर शायद न मिले। अपनी इस प्रतीति पर सोम को कभी हँसी भी आ जाती, यह सोचकर कि शायद करुणा की ओर देखने का उसका अपना ढंग ही ऐसा हो। करुणा ही करुणा थी या यह भाव उसकी अपनी ही आँखों में था, यह निर्णय करना उसके लिए कठिन था।

आज ही नहीं, उसने जब भी करुणा को अपने सामने पाया है, उदास ही पाया है। उसके चेहरे की आज की यह प्रतिक्रिया कुछ भिन्न थी, फिर भी उस दिन की उस प्रतिक्रिया से मिल रही थी जब उसका प्यारा कुत्ता मोटर के नीचे आ गया था। उसकी लाश के पास बैठी वह उठना ही नहीं चाह रही थी, और सोम अनेक प्रयत्नों के बाद उसे वहाँ से हटा पाया था। कुत्ते की याद में उसने तीन दिन तक कुछ खाया नहीं था। बहुत कहने-मनाने पर सोम ही उसे भोजन करने को विवश कर सका था। उस समय उसकी आँखों से एक भी बूँद पानी नहीं टपका था और इस बार भी नहीं। करुणा के चेहरे का यह भाव उसे बहुत अच्छा लगता, पर अपने को ममत्वप्रेमी समझ वह कोसने लग जाता। उसे अपनी माँ की एक बात याद आ जाती : ''चिरैया के जान जात वा लैका के खेलवनी।'' न जाने वह कौन-सी वेदना थी जो करुणा के चेहरे पर छाई रहती और वह वेदना सोम को अच्छी लगती थी। उसे अपनी इस खुदगर्जी पर शर्म भी आती और तब वह करुणा से उसकी उदासी का कारण पूछता। करुणा उस प्रश्न को सुनती, उसे समझती, अपने भीतर एक उत्तर महसूस करती, फिर भी चुप रहती। और वह करुणा की खामोशी थी जो सोम को तनिक भी नहीं भाती थी। करुणा बोलती तो थी, पर न बोलने के बराबर। वह उन्हीं प्रश्नों के उत्तर देती जो लगभग इस तरह के होते : तुम्हारी माँ कहाँ है? कौन आया था? कौन गया था? वह प्रश्न भी तो इसी तरह का सहज प्रश्न था जब सोम ने पूछा था कि आखिर उसकी ओढ़नी इस कदर फटी हुई क्यों है, पर करुणा ने उस प्रश्न का कोई उत्तर नहीं दिया था। यों तो लड़कियाँ लड़कियों के सामने खुलकर बातें कर लिया करती हैं, पर करुणा विमला के साथ भी बहुत कम बातें करती थी। उसकी माँ से पूछने पर सोम को मालूम हुआ था कि बचपन में तो वह ऐसी नहीं

थी। बचपन में सोम ने उसको नहीं देखा था, क्योंकि उस समय वे लोग किसी दूसरे गाँव में रहते थे। जेनी तूफान के बाद ही वे लोग यहाँ पहुँचे थे। उसको बचपन से न जानने का थोड़ा-बहुत दुःख था सोम को।

पीढ़े पर बैठा वह दुरपद को बहुत-कुछ कहते सुन रहा था। घूम-फिरकर वह एक बात कह रही थी जिसका मतलब बस इतना ही था कि जब भाग्य ही में ऐसा लिखा है तो फिर कोई क्या करे! दुरपद को सुनते-सुनते अनायास ही सोम के मन में एक बात आ गई। वह खिल उठा, लेकिन तभी उसे खयाल आया कि वह बात उतनी सहज नहीं थी जितनी वह सोच रहा था। उसे अपने भाई की राय लेनी होगी, पर ऐसा करने से उसका भाई न जाने क्या-से-क्या सोच बैठेगा। वह बात यों ही चली जाए, इसके लिए भी वह तैयार नहीं था।

दुरपद के चले जाने के बाद कोई घंटे-भर वह अपनी बहन के साथ करुणा के सामने बैठा रहा। उसके बहुत-सारे प्रश्नों में दो के उत्तर उसने दिए थे। सोम के यह पूछने पर कि इस घर में अकेले रहते उसे डर नहीं लगता, उसने कहा था—'नहीं।' और जब सोम ने पूछा था कि घर में आटा-चावल है या नहीं, तब उसने कहा था—'हाँ है।'

घर लौटते समय जोरों की ठंड से बजते दाँतों पर कब्जा पाते हुए सोम ने विमला से कहा, "कुछ देर से मैं एक बात सोच रहा हूँ।"

"कौन-सी बात?"

"न जाने तुम्हें अच्छी लगेगी या नहीं!"

"करुणा के बारे में?"

"हाँ! मैं चाहता हूँ कि उसे अपने यहाँ बुला लें! उसको सहारा मिल जाएगा और तुम्हारे कामों में भी हाथ बँट जाएगा।"

"बात तो ठीक है, लेकिन भैया से पहले पूछ लेना जरूरी है।"

"इसीलिए तो तुमसे कह रहा हूँ। अच्छा होता अगर तुम्हीं भैया के सामने यह बात रख पातीं तो।"

ठंड के कारण अपने हाथों को मोड़े उन्हें पेट से कसकर सटाए विमला ने धीरे-से पूछा, "तुम करुणा को इतना महत्त्व क्यों देते हो?"

''जलने लगी न?''

''मुझे गलत समझ लिया न?''

''अगर करुणा जैसी किसी लड़की को कोई महत्त्व न दे तो क्या तुम जैसी को देगा?''

''ठीक ही तो कहते हो, इसीलिए मेरे सिर-दर्द जैसी छोटी-सी बात पर तुम खाना-पीना तक छोड़ देते हो!''

''कुत्ते ने थोड़े ही काटा है मुझे जो तुम्हारे सिर-दर्द को मैं अपना सिर-दर्द बना बैठूँ!''

यह कहते हुए उस ठंड-भरे अँधेरे में सोम ने विमला के बालों को खींचकर छोड़ दिया। अँधेरे से भी काले अपने घने बालों को मुट्ठी से बटोरकर आगे की ओर फेंकते हुए विमला ने कहा, ''अगर तुम इसी तरह मेरे बालों को खींचते रहोगे तो मैं करुणा की बात भैया से नहीं कहूँगी।''

''जानबूझकर थोड़े ही किया है। अँधेरे में हाथ तुम्हारे बालों से जा लगा।''

ठंड के कारण रास्ता सुनसान था। चलते हुए विमला ने अपने भाई का हाथ पकड़ लिया। उसकी अपनी ठंडी अँगुलियों को एक हलकी-सी गरमी मिली और वह अपने भाई के कदमों के साथ-साथ कदम उठाती चलती रही। उनके चलने की आहट पाकर एक-दो कुत्ते ठंड से काँपती आवाज में अपने स्थान ही से भूँक उठते।

घर पहुँचकर उन्होंने हीरा को जागते पाया। उनके भीतर आते ही वह पूछ बैठा, ''क्या हाल है उसका?''

''टुअर की तरह अकेली है।'' विमला ने कहा।

''उसके यहाँ खाने-पीने की चीजें तो हैं न?''

''कुछ दिनों के लिए तो होंगी ही।'' इस बार सोम बोला।

''गेहूँ के साथ घुन भी पिसा जा रहा है। बेगुनाह होकर भी उसे ही सब कुछ सहना होगा।'' अपने दोनों हाथों को जोरों से रगड़ते हुए हीरा कह उठा।

उसके चुप होते ही सोम ने विमला की ओर देखा और उसके उस इशारे को समझकर विमला बोल उठी, ''भैया, अगर कुछ दिनों के लिए हम करुणा को अपने पास रख लेते तो क्या हर्ज था!''

क्षण-भर चुप रहकर हीरा ने विमला की ओर देखा और कहा, "मुझे भी यह बात अच्छी लगती है, पर कौन जाने वह हमारे घर रहना चाहेगी या नहीं?"

"विमला उसे इसके लिए राजी कर सकती है।" सोम ने झट-से कहा।

"यह गाँव-भर की बात है। हम अपनी मर्जी से सब-कुछ थोड़े ही कर सकते हैं। सभा के एक-दो बड़े लोगों से पूछकर देख लेना चाहिए।"

"यह तो तुम कल ही कर सकते हो भैया!"

"ना, पहले तुम यह पता लगा लो कि वह हमारे घर रहना चाहेगी या नहीं।"

दूसरे दिन सोम की उपस्थिति में ही हीरा ने मँगरू और रामदत्त गोसाईं के सामने करुणा को अपने यहाँ आश्रय देने की बात रखी। रामदत्त ने तो सुनते ही कहा कि नेकी और पूछ-पूछ। मँगरू को भी बात पसन्द आ गई। फिर भी दोनों ने उसे यही राय दी कि एक बार सुखराम सिंह से पूछ लेना अच्छा होगा, वह सभा का प्रधान ठहरा।

ऐसे तो अपने भाई के सामने कुछ बोलना सोम को कभी उचित नहीं लगता था, और उसके विचारों में दखल देने की बात तो वह भूल से भी नहीं सोचना चाहता था, पर उसे यह बात बिलकुल पसन्द नहीं थी कि हर काम के लिए सभी की सलाह लेना जरूरी समझा जाए। किसी को अपने घर से निकालना या अपने यहाँ स्थान देना यह तो अपनी व्यक्तिगत बात ठहरी। इतना अधिकार तो आदमी को होना चाहिए कि कुछ कामों को वह अपने न्याय और अपनी पसन्द पर कर सके। यह सब सोचते हुए सोम को महसूस हो रहा था कि वे अपना खा-पीकर भी दूसरे की कठपुतलियाँ हैं, और इसी बात की उसे चिढ़ थी।

शाम को जब उसका भाई सुखराम सिंह से मिलने के लिए जाने लगा तो उसे खेत-सम्बन्धी कोई बात पूछने के बहाने रोककर उसने प्रश्न किया, "भैया, क्या यह जरूरी है कि इसके लिए तुम गाँव-भर के लोगों की आज्ञा लेते फिरो?"

"गाँव-भर की आज्ञा थोड़े ही ले रहा हूँ!"

"पहले ही तो दो-तीन व्यक्तियों से पूछ चुके हो!"

"अब केवल गाँव के प्रधान से पूछ लेना है।"

"और अगर वह कह दे कि हम ऐसा न करें, तब?"

"भला अच्छाई के लिए कोई क्यों रोकेगा!"

"तो फिर अच्छाई के लिए किसी की इजाजत की भी क्या आवश्यकता है?"

"आवश्यकता है। जिस दिन तुम सभा में उठने-बैठने लग जाओगे न, उस दिन खुद जान जाओगे कि इसकी आवश्यकता क्यों समझी जाती है।" यह कहकर लँगड़ाते हुए हीरा रास्ते की ओर चल पड़ा। सोम बरामदे तक पहुँचकर लकड़ी के मोटे खम्भे का सहारा लेते हुए पीछे से बोला, "मैं इसे और कुछ नहीं तो पागलपन अवश्य समझूँगा।"

अपने स्थान पर खड़ा वह अपने भाई को सुखराम सिंह के घर को ओर जाते देखता रहा। हीरा लँगड़ाता हुआ चला जा रहा था और सोम अपने स्थान पर उसी तरह खड़ा सोचता रह गया। उसे किसी भी हालत में यह गवारा नहीं था कि हृदय उसका अपना हो और उसकी धड़कनों का मालिक कोई दूसरा हो। शायद यही कारण था कि वह युवा आन्दोलन के साथ सहानुभूति रखता था। वह इस बात को नहीं मानता था कि हर परम्परा को मिटा दिया जाए और हर पुरानी चीज को हटाकर उसकी जगह पर नई चीज लाकर खड़ी कर दी जाए। वह यह भी मानने को तैयार नहीं था कि अब तक परिवर्तन और सुधार नहीं होते आए हैं। कई बार अपने मित्रों के बीच यह बात कहकर उसने मूर्ख की उपाधि ली है कि नई पीढ़ी के लोगों का यह दावा गलत है कि पुरानी पीढ़ीवालों ने करने लायक कोई भी काम अब तक नहीं किया है। वह यह नहीं मानता कि नए लोग पुराने लोगों से अलग खयाल रखकर अलग ढंग से अपनी अलग दुनिया बनाएँ, लेकिन इतना कुछ होते हुए भी उसे यह गवारा न था कि पुराने ढंग और तरीकों को आज भी उसी तरह बनाए रखा जाए जैसे वे मुद्दत पहले थे। उसने कहीं किसी भाषण में किसी विद्वान् को कहते सुना था कि कल जो दवाई हमें तपेदिक के रोग के लिए दी गई थी आज हम उसी दवा का उपयोग कैंसर के लिए कैसे कर सकते हैं। यह बात उसके दिलोदिमाग में

अंकित हो गई थी। वह यही सोचता था कि आज भी हमें बहुत–सी पुरानी सड़ी कड़ियों को तोड़–फोड़कर हटा देना है और नई कड़ियों से जीवन की शृंखला को शक्तिशाली बनाना है। अपने भाई को वह सशक्त मानता था, पर इस वक्त उसे ऐसा आभास हो रहा था कि उस सशक्त व्यक्तित्व के भीतर एक हीनता की भावना विद्यमान है।

चार

वर्ष के भारी सूखा के कारण ईख के सभी खेत अनेमिया के शिकार-से प्रतीत हो रहे थे। हरियाली के ऊपर से पीलापन का रंग चढ़ा दिया गया था। ईख की कटाई शुरू हो चुकी थी पर खेतों में पिछले साल की वे उमंगें नहीं थीं। अपनी थकान दूर करने के लिए पत्थरों की मुँडेर पर बैठा सोम दाईं ओर के ईख के अधमुरझाए खेतों को देख रहा था। सिर पर अधसूखी अगौरे की पूलियाँ लिये औरतें सामने के रास्ते से गुजर रही थीं। आज सोम के इस खेत की ओर लोग बहुत कम देख रहे थे। वह अधसूखा और अधमुरझाया हुआ था। पिछले साल का वह धानी रंग नहीं था उसमें जब सामने से गुजरनेवालों में कोई भी ऐसा न होता जो खेत की उस हरियाली को देखते न रह जाता। आसपास के किसी भी खेत में वैसी हरियाली नहीं थी। कुछ लोग हैरत से देखते, कुछ ईर्ष्या से। कुएँ तो आसपास के सभी खेतों में थे पर यह हरापन कहीं नहीं था; नदी किनारे के खेतों में भी नहीं। उस समय लोगों के प्रश्नों का उत्तर देते हुए हीरा कहता, ''खेतों में हरियाली लाने के लिए आदमी का अपना हृदय हरा होना चाहिए।''

अपने एक पैर के बल दूसरे दुबले-पतले पैर को खींचते हुए हीरा उस टीले पर पहुँच ही जाता जहाँ सोम की बोई हुई कुम्हड़े की बेलों पर पीले फूल होते। काफी देर तक वहाँ खड़े होकर वह अपने हरे-भरे खेत को निहारते रह जाता था। वह खेतों को देखकर उन्मादित होता और सोम उसे देखते हुए मन-ही-मन

प्रफुल्लित हो जाता था। उस समय भी दोनों भाइयों का यह खेत दो भागों में बाँटा हुआ था। एक ओर फलों से लदे मिर्च और टमाटर के लहलहाते पौधे थे, दूसरी ओर बैंगन के नए लगाए पौधों में नए पत्ते आने लगे थे। वे दिन ही हरियाली के थे। उस समय हीरा को विश्वास था कि अपने बैंगन के पौधों के साथ वह दौड़ में अव्वल आएगा। बाजार में दक्षिण प्रान्त के खेतिहरों से भी उसकी भेंट होती रहती, इसलिए वह जानता था कि उसके पौधे सबसे अच्छे थे। पूरे आत्मविश्वास के साथ उसने सोम से कहा था, ''इस बार रुपया किलो जाएगा यह बैंगन।''

सोम को उन नए पौधों से अधिक विश्वास अपने भाई की बात पर था। आज के भारी सूखा के बीच भी उसके भीतर वही विश्वास था। वह यह मानने को तैयार नहीं था कि मेहनत नाहक जा सकती है।

घंटे-भर की सिंचाई के बाद मुँडेर पर बैठा वह साँस ले रहा था। घास काटकर एक हाथ में बोरा और दूसरे हाथ में हँसिया लिये दुरपद को अपनी ओर आते देख वह घबरा-सा गया, क्योंकि दुरपद अपने बेटे को कोसते रहने के अलावा और कोई दूसरी बात कभी करती ही नहीं। परसों करुणा के घर भी उसने वही बात शुरू कर दी थी। सोम ने चाहा कि उसके पास आने से पहले वह अपने काम में लग जाए, पर फिर यह सोचकर कि ऐसा करना शायद अच्छा न हो, वह अपने स्थान पर बैठा रहा।

सोम के पास पहुँचकर दुरपद ने अपने हाथ के बोरे और हँसुए को जमीन पर रख दिया और ठीक सोम के सामने मुँडेर के एक चौड़े पत्थर पर बैठ गई। अपनी कमर तक हाथ ले जाती हुई बोली, ''कमर टूट गई।''

''चाची, तो तुम इतना अधिक काम करती ही क्यों हो?''

''काम ना करब त खाब का बेटा?''

''सरकार जो देती है।''

''ऊ बाईस रुपया से आदमी के जीवन जाये?''

''चाची, एक आदमी के लिए बाईस रुपये बहुत कम भी तो नहीं हैं।''

''अपन हाथ से खर्ची चला के देखबे तब मालूम पड़ी बेटा। घनसमवा साथ रहत ते आज हमरा सिर धुने के पड़त?''

एक बीघा प्यार

सोम को जिस बात का डर था आखिर वही हुआ। उसको मालूम हो गया कि घनसाम की चर्चा से बचना अब मुश्किल है। दुरपद बिना साँस लिये बोलती ही चली जाएगी, लेकिन एक क्षण थमकर दुरपद ने जब दूसरी बार बात शुरू की तो सोम को आश्चर्य हुए बिना न रहा। एकाएक दुरपद कहीं से कहीं आ गई थी।

''करूनवा के घर से होकर आवत बानी। ऊ त कोई लग रहे के तैयार ही नैं वा!''

सोम को यह सुनकर एक झटका-सा लगा। दुख हुआ उसे। दुरपद बातें करती गई और वह उन बातों से अलग दूसरे विचारों में खोया रहा। न जाने क्यों करुणा का अकेले रहना उसे बिलकुल नहीं जँच रहा था। उसकी जिस मायूसी को वह बहुत अधिक चाहता था उससे कहीं अधिक चिढ़ थी उसे उसके हठी स्वभाव से। न जाने वह हठ ही था या क्या था। पर उसकी उस खामोशी को भी तो वह हठ ही समझने को विवश था। अभी कुछ ही घड़ी पहले वह सोच रहा था कि विमला को उसके घर भेजकर वह उसका निर्णय जानने की कोशिश करेगा। पर दुरपद की बात ने तो उसे एकदम निरुत्साह कर दिया। उसे इस निर्णय की कतई उम्मीद नहीं थी। कल शाम को जब विमला के साथ वह उसके घर पहुँचा था, तो करुणा ने उससे बातें तो नहीं की थीं, पर विमला से इतना अवश्य कहा था कि वह सोचकर उत्तर देगी। लेकिन सोम तो इस तरह के उत्तर की प्रतीक्षा में नहीं था।

वह काम भूलकर बैठा रहा। दुरपद वहाँ से जा चुकी थी। धीरे-धीरे ईख के खेतों के बीच का कोलाहल बढ़ता ही गया। ईख काटने और लादनेवालों के साथ गाय के लिए चारा बटोरनेवाली औरतों के घाँव-माँव से वातावरण गूँजता रहा। कुछ देर बाद खयालों से छूटते हुए सोम ने मड़ई की ओर देखा। उसका भाई अधसूखे पौधों से इने-गिने मिर्चों को तोड़े जा रहा था। सोम अपनी जगह से उठा और दोनों फव्वारों को दोनों हाथों से उठाते हुए कुएँ की ओर चल पड़ा, पर बातें उसके दिमाग में चक्कर काटती ही रहीं।

शाम को जब थके-माँदे सूरज की लालिमा आस-पास के पेड़ों के पत्तों से फिसलती हुई दूर कहीं समुद्र में डूबने जा रही थी उस समय ईख चूसते हुए

राधन और यूसुफ सोम के खेत में आ गए। आते ही यूसुफ ने कहा, ''जिन्दगी-भर के काम एक ही दिन में करने का इरादा है क्या?''

''एक दिन न सींचने से, देखते हो, पौधों की क्या हालत हो गई है!''

''हम तुम्हारे इरादे को जानते हैं!''

''कौन-सा इरादा?''

''तुम भगवान से होड़ लेना चाहते हो!''

''भगवान से? जिस पर मैं विश्वास ही नहीं करता?''

''तो फिर इतनी देर तक सिंचाई क्यों कर रहे हो?''

''होड़ लेने के लिए!''

''पर किससे?''

''सूखारी से।''

''बरसात के पानी की वह ताकत है तुम्हारे इस कुएँ के पानी में?''

''बरसात के पानी की वह ताकत मेरे भाई के भीतर है। उसके परिश्रम और लगन में क्या नहीं है!''

''कुछ अपनी भी प्रशंसा कर लिया करो।''

''उसके लिए तुम दोनों जो हो!''

''हम मुफ्त में थोड़े ही करेंगे!''

''चाहो तो बदले में मिर्च मिल जाएगी।''

''और इस पेड़ के ये नारियल क्या होंगे? ये महावीर स्वामी को चढ़ाने के लिए सुखाए जा रहे हैं क्या?''

''तुमने खूब याद दिलाई। सचमुच घर पर मुझे दो नारियल ले जाने हैं।''

''बन्दा हाजिर है। कहो तो सामनेवाले पेड़ के सभी नारियल नीचे गिरा दूँ।''

''अगर इस सरदी में सभी पी सको तो मैं मना थोड़े ही करूँगा।'' मड़ई की ओर बढ़ते हुए सोम ने कहा।

उसका वाक्य अभी पूरा भी न हुआ था कि राधन नारियल के पेड़ के नीचे पहुँच गया। एक बार ऊपर को देखा और पेड़ को बाँहों में लेकर चढ़ने लगा। जिस समय मड़ई से टोकरी लेकर सोम पेड़ के नीचे पहुँचा उस समय पाँच हरे

नारियल नीचे गिराकर राधन पेड़ से उतर आया था। नारियलों को देखते हुए सोम ने पूछा, "केवल पाँच ही तोड़ पाए?"

"दो तुम्हारे घर ले जाने के लिए और तीन हमारे पीने के लिए। और कितना चाहिए?"

"इस ठंड में मैं तो नहीं पीऊँगा। पहले ही से सरदी है मुझे।" सामने के पत्थर पर बैठते हुए सोम ने कहा।

यूसुफ ने निराई करनेवाले हँसुए से एक नारियल में छेद किया और उसे राधन को थमाकर दूसरे में उसी तरह छेद करने लगा। जिस समय तीनों अपने-अपने हाथ में एक-एक नारियल लिये रास्ते पर पहुँचे उस समय सामने से रामदत्त गोसाईं की गाड़ी उसी क्विक-क्वॉक के साथ चली आ रही थी। उसके पास आते ही यूसुफ ने कहा, "बड़े मौके से पहुँचे रामदत्त चाचा!"

हो-हो चिल्लाते हुए रामदत्त गोसाईं ने गाड़ी रोकी और तीनों उस पर चढ़ बैठे। गाड़ी कुछ अधिक कराहती हुई चल पड़ी। राधन ने कहा, "चाचा, तुम्हारी यह गाड़ी सुखराम सिंह की मोटर से कम नहीं।"

"मुझे भी सुखराम सिंह से कम न समझना।" मूँछों पर ताव देते हुए रामदत्त गोसाईं ने राधन के व्यंग्य को व्यंग्य न समझकर कहा।

गाड़ी अपनी उसी हमेशावाली मस्तानी चाल से अपने उसी संगीत के साथ चलती रही और रामदत्त गोसाईं अपने उसी गीत को गुनगुनाता रहा। सूरज अभी ढला नहीं था और ठंड शुरू हो चली थी। हमेशा सुनते-सुनते राधन को भी गोसाईं के गाने का अभ्यास हो चला था। अपने को ठंड के कम्पन से बचाए रखने के लिए वह भी उसके साथ गुनगुनाने लगा। सोम को अपने खयालों के सामने ठंड का खयाल ही नहीं था। गाड़ी की चाल में शिथिलता देख राधन ने बैल को हाँकते हुए गोसाईं की ओर देखा।

"चाचा, तुम्हारा यह बैल बूढ़ा हो चला है, इसे बदल क्यों नहीं देते?"

"पागल तो नहीं हो गए? यह तो मेरी पिछली पत्नी से भी जवान है। भला बूढ़ा बैल इस मस्ती के साथ चल सकता है?"

"चाचा, तुमने राधन की बात अच्छी तरह से समझी नहीं।" इस बार

यूसुफ ने कहा, ''उसका यह मतलब है कि तुम दिन-ब-दिन अधिक जवान होते जा रहे हो।''

अपनी मूँछों पर फिर से ताव देते हुए रामदत्त गोसाईं ने गद्‌गद स्वर में कहा, ''मेरे दादा ने अस्सी की उम्र में तीसरी शादी की थी।''

''तुम तो उससे भी बाजी मार जाओगे, चाचा! अस्सी तक पहुँचते-पहुँचते तो तुम कोई दो-तीन शादियाँ और कर सकते हो! तुम्हारे चेहरे का गुलाबी रंग तो समय के साथ और भी निखरता आ रहा है। आगे की ओर कुछ नकली दाँत लगा लेने पर तुम तो हमें भी मात कर जाओगे!''

''यह सच कह रहा है चाचा। तुम्हें बस दाँत लगाने हैं, फिर तो आसपास के सभी मनचले जवान तुम्हारे सामने पानी भरने लग जाएँगे।''

आज तक रामदत्त गोसाईं ने किसी भी तरह के व्यंग्य को नहीं समझा। व्यंग्य क्या होता है उसने इसे समझने की कभी कोशिश ही नहीं की। शुरू से आज तक लोगों के हर मजाक को सच मानकर वह उल्लू बनता आया है और जब लोग उस पर हँस पड़ते हैं तो वह भी उनके साथ हँसता रह जाता है। कुछ लोग उसके इस भोलेपन को एक तरह का बचपना समझ उसके हमदर्द बन गए थे। कुछ लोग आज भी उसकी इस कमजोरी का अनुचित लाभ उठाकर हँसने के आदी थे। अगर सोम चुप्पी साधे हुए था तो अपने खयालों में खोए होने के कारण नहीं; बल्कि इस बात के लिए कि उसे भी यह पसन्द नहीं था कि किसी के साथ इस हद तक दिल्लगी की जाए। उसके इन्हीं दो मित्रों ने एक बार गाँव के एक लड़के को जनाने कपड़ों में रामदत्त गोसाईं के घर ला बिठाया था। एक दूसरी बार इन्हीं की बातों में आकर गोसाईं बन-ठनकर चमेली के घर पहुँच गया था और जाते ही पूछा था कि सचमुच ही वह उसकी पत्नी बनने के लिए तड़पती है, जिस पर चमेली ने हँसकर कहा था, ''बशर्ते कि तुम मेरे लिए आकाश का सबसे अधिक चमकनेवाला वह तारा तोड़ लाओ।''

यह सुनकर गोसाईं उदास हो गया था और दूसरे ही क्षण हँसता हुआ वहाँ से बाहर हो गया था। कभी-कभार गोसाईं को इस तरह बात-बात पर हँसते देख सोम सोचने लग जाता कि यह खासियत उसमें भी होनी चाहिए थी जिससे

वह हर कठिनाई में गोसाईं की तरह सहज हँसी हँस सकता। बस्ती में पहुँचने से पहले लोगों को औरतों का वह झुंड मिला जो कि इन्दर देवता को रिझाने के लिए हरपरवरी गाता हुआ खेतों को बढ़ा जा रहा था। पानी न बरसने के कारण खेतों में सूखा तो था ही, पर जंगलों में घास का भी उतना ही अभाव था। गाय-बकरियों की पँजरियाँ दिखाई पड़ने लगी थीं। काम की कमी तो पहले ही से थी। इधर सब्जियों और दूध का भी अभाव होता जा रहा था। अभी कल ही की तो बात है, कोई सात-आठ घर घूमने के बाद सोम को एक घर से दूध मिलने की उम्मीद बँधी थी। चाय बिना रहना उसके लिए दुश्वार है और बिन दूध की चाय वह नहीं पी पाता।

औरतों के झुंड को पीछे छोड़ती हुई गाड़ी बहुत आगे आ चुकी थी, फिर भी हरपरवरी की आवाज स्पष्ट थी। दूर होकर वह सुरीला स्वर सोम को और भी अधिक भा रहा था। जिस समय गाड़ी रामदत्त गोसाईं के घर पहुँची, अँधेरा छाने लगा था। वहाँ से तीनों पैदल चल पड़े। बैठक के सामने पहुँचकर राधन ने अपने हाथ का नारियल सोम को थमा दिया और दोनों मित्रों से हाथ मिलाकर बैठक की बगल की छोटी-सी पगडंडी पकड़े अपने घर को बढ़ गया। बैठक के आँगन में हिन्दी पढ़ते बच्चे वातावरण को कोलाहलमय कर रहे थे। हर बार इस पाठशाला से गुजरते हुए सोम को अपने दिन याद आ जाते जबकि वह भी इस पाठशाला में पढ़ता था। उसे उन पुस्तकों के कुछ पाठ अब भी याद थे। उत्सव और त्योहारों में वह उन पाठों को कंठस्थ करके उन्हें तोते की तरह ध्वनि-वर्धक यंत्र के सामने रटता था। उसे हजारों लोगों के सामने माइक पर बोलते देख उस समय उसकी माँ की छाती गर्व से फूल जाती थी। वह छाती ऊँची किए आसपास की औरतों को इस तरह देखती थी गोया उन्हें सूचित कर रही हो कि वह बोलनेवाला लड़का उसका था और वह उसकी भाग्यशाली माँ थी।

पाठशाला में आज कोई ढाई-तीन सौ बच्चे हैं जबकि सोम के जमाने में कठिनाई से पचास बच्चे रहे होंगे। यह सोचकर उसे खुशी होती कि अब हिन्दी लोगों के दिलों में स्थान बनाती जा रही है। गाँव के दूसरे छोर पर इस तरह की एक और पाठशाला है। दोनों पाठशालाओं के बीच सनातन और आर्यसमाजी

बखेड़ों को लेकर सैद्धान्तिक मतभेद था, फिर भी हिन्दी को आगे बढ़ाने में शायद दोनों का बराबर सहयोग था, सोम ऐसा ही सोचता। जो बात उसकी समझ में कभी नहीं आई वह यह थी कि ये अपने को सनातन और आर्यसमाज कहनेवाले दोनों ही अपने को हिन्दू मानते हैं तो फिर आपस की यह खींचातानी क्यों थी। और जब सचमुच ही बात उसकी समझ में नहीं आती तो उस विषय पर सोचना बन्द कर देना ही वह बेहतर समझता।

आज वह लोगों को कहते सुनता है कि उसका बाप बहुत ही धार्मिक स्वभाव का था। सुबह-शाम वह पूजा के पश्चात् ही मुँह में कुछ डालता था। उसकी वह मूर्ति आज भी घर के कोने में पड़ी हुई है जिसके सामने कभी-कभार विमला अगरबत्तियाँ जला दिया करती है। उसको माँ से सुनी और सीखी एकाध प्रार्थनाएँ गुनगुनाते सुन सोम कह उठता, ''बहरे के सामने गीत गाने से क्या लाभ!''

इस पर विमला बड़ी-बड़ी आँखों से अपने भाई को घूरती हुई पूछती, ''किसे बहरा कह रहे हो?''

''तुम्हारे भगवान को।''

''चलो यह भी ठीक रहा।'' विमला हँस पड़ती।

''क्या ठीक रहा?''

''मैं तो सोचती थी तुम भगवान् पर विश्वास ही नहीं करते।''

''तो किसने तुम्हें कह दिया कि मैं विश्वास करता हूँ!''

''तो फिर उसके बहरा होने की बात तुमने कैसे कह डाली?''

इस तरह कोई तीन बार सोम को लाजवाब रह जाना पड़ा था। विशेष त्योहारों के अवसर पर जब सोम अपने बड़े भाई को भी मूर्ति के सामने हाथ जोड़े खड़े पाता तो न चाहकर भी उसके मुँह से प्रश्न निकल ही जाता था, ''भैया, तुम भी पूजा-पाठ पर विश्वास करने लगे?''

''मैं उस परम्परा पर विश्वास करता हूँ।''

''कैसी परम्परा?''

''मैंने जो कुछ माँ को करते देखा है वही कर रहा हूँ।'' हीरा हँसते हुए कहता।

सोम को ऐसा प्रतीत होता कि वह एक बार फिर निरुत्तर था। अपनी माँ को उसने बहुत प्यार किया था, बहुत महत्त्व दिया था, पर यही एक बात थी जिसे वह अपनी माँ की नादानी समझता था। कई बार अपनी माँ के सामने उसने उसे अन्धविश्वासी भी कह डाला था। माँ मुस्कराती हुई केवल इतना कहकर चुप रह जाती, ''विश्वास का अन्धा होना कोई पाप नहीं सोम! विश्वास का न होना पाप समझना चाहिए।''

सोम अपनी माँ की इस छोटी बात को समझने में असमर्थ था, उस दिन भी और आज भी।

पाँच

"भैया, कल मुझे अठारह रुपये चाहिए।" विमला ने हीरा से कहा। हीरा दो तरह की खादों को एक में मिला रहा था। वर्षा की प्रतीक्षा करते-करते खाद डालने का समय भी निकल चुका था। कोई दूसरा चारा न देख हीरा दोनों खादों को एक ही साथ डालकर सिंचाई पर कुछ अधिक ध्यान की बात सोच रहा था। अपनी बहन की बात सुनकर उसने सिर ऊपर उठाया और हौले-से पूछा, "क्या करोगी?"

"इस महीने की फीस अभी तक नहीं चुकाई गई है। कल मुझे प्रिंसिपल के सामने खड़ा होना पड़ा था।"

"तुमने पहले ही क्यों नहीं माँगी?"

"भूल गई थी।"

"पर पैसे तो तुम्हारे पास होते हैं। बार-बार पूछने की क्या जरूरत है?" एक क्षण चुप रहकर उसने कहा, "सोम को भी दस रुपये देकर कहना कि कीटाणु की दवा खरीद लाए। उससे कह देना कि वह करण की दुकान से ले, वहाँ की दवा काफी अच्छी होती है।"

"भैया, तुम्हें अपने लिए एक कमीज भी खरीदनी होगी।"

"बाद में।"

"वे दोनों नई कमीजें भी फट चली हैं।"

"कुछ दिन और काम निकालने के लिए अभी अच्छी हैं। एक-दो पैबन्द लगा देना।"

‘‘ठीक है, जब तक तुम अपने लिए नई कमीज नहीं खरीदते हो तब तक इस घर में किसी के लिए कुछ भी नहीं खरीदा जाएगा।’’

‘‘तुम पगली हो विम्मू!’’

विमला के बरामदे से भीतर चले जाने पर हीरा अपने खेत की नाजुक परिस्थिति पर सोचने लगा। इस साल उसे अपने खेत पर हमेशा से अधिक उम्मीद थी। सोचा था सुखराम सिंह को कुछ देकर कर्ज को कुछ हल्का कर लेगा। वह जानता था कि सुखराम सिंह उसकी परिस्थिति को देख-समझकर तकाजा तो नहीं करेगा, पर उसे उसके सामने होते हुए कुछ शर्म-सी आएगी और फिर कर्जा कर्जा होता है। हीरा हमेशा यही चाहता था कि जितनी जल्दी उससे छुटकारा पाया जा सके उतना ही अच्छा होगा, पर क्या करे, बेबसी भी तो कोई चीज होती है।

सूखारी को देखते हुए वह कुछ निराश अवश्य था पर उसने अपने भीतर की हिम्मत को नहीं छोड़ा। उसे आज भी विश्वास था कि कल कुछ-से-कुछ हो सकता है। उसकी माँ उसे समझाती हुई हमेशा यही कहती थी कि भगवान् के घर में देर होती है, अन्धेर नहीं। हीरा इस आसरे था कि कल वर्षा होगी, उसके खेत के पौधों में नवप्राण आएँगे और कुछ ही दिनों में उसके खेत में सब्जियों की इतनी अधिक भरमार हो जाएगी कि उन्हें चार हाथों से तोड़ना न हो सकेगा और उसे खेतों में काम करनेवाले दो-तीन छोकरों की आवश्यकता महसूस हो ही जाएगी।

इधर कुछ दिनों से पुराने घर का छाजन रिसने लगा था। पिछली बरसात में घर के भीतर सोना उनके लिए बाहर सोने के बराबर था। तब से आज तक वह यही सोचता आ रहा था कि हाथ में कुछ पैसा आते ही वह ईख के सूखे पत्तों के इस छाजन को हमेशा के लिए हटाकर उसकी जगह टिन की छत लगवा देगा ताकि सदा के लिए छुटकारा मिल जाए। हीरा ने मन-ही-मन सोचा कि पहले ही से वह इस बार अपनी सब्जियों को महँगे दाम बेचने का सपना देखने लगा है। बिना फूल देखे फलों का अन्दाजा लगा लेने की बात को वह नादानी समझ बैठा और अपनी इस नादानी पर उसे हँसी आने लगी। पर चूँकि वह आशावादी था इसलिए आज भी उसे इस बात का पूरा यकीन था

कि कल जब उसकी सब्जियाँ निकलने लगेंगी तो उसकी उम्मीद से भी अधिक दाम में!

हाथ-पाँव धोकर जब वह भीतर पहुँचा तो मन में एक नई बात के साथ। अपनी पुरानी कमीज को, जो कि तौलिए के काम आती थी, खूँटी से उतारकर वह अपने हाथ पोंछने लगा। विमला दीये में तेल भर रही थी। हीरा ने प्रश्न किया, "आखिर करुणा हमारे यहाँ क्यों नहीं रहना चाहती है?"

"उसने तो मुझे कोई भी कारण नहीं बताया।"

"यहाँ तुम्हारे साथ बहुत अच्छी तरह रह सकती थी।"

"वह समझना ही नहीं चाहती।"

"उसे एक बार फिर समझाकर देखना।"

उसी रात को सोम ने भी विमला से यही बात कही, "करुणा को एक बार फिर से मनाकर क्यों नहीं देखती!"

"कल शाम को।"

"अजीब लड़की है।" एक लम्बी साँस के साथ सोम ने कहा।

अपनी चारपाई पर काफी देर तक वह उस अजीब लड़की के बारे में सोचता रहा। अनेक खयालों के दौरान वह अपने आपसे बातें करता रहा। 'करुणा से मैं इतना प्रभावित क्यों हूँ? यह मेरे ऊपर उसकी गरीबी का प्रभाव है या उसके चेहरे की वह विचित्र मासूमियत मुझे उसके बारे में सोचने को विवश करती है! उसके प्रति मेरे भीतर केवल दया है या इसके साथ कुछ और भी है। मुझे अपनी ही भावना को समझने में इतनी कठिनाई क्यों होती है? करुणा अगर इतनी अधिक भोली-भाली न होती तो क्या मुझे उसका इतना खयाल रहता? आखिर कब तक वह हमारी सहायता को अस्वीकारती रहेगी? वह बोलती क्यों नहीं है। उसे मेरे प्रश्नों का उत्तर तो देना चाहिए था।'

उसके भीतर जो सबसे बड़ी इच्छा थी वह यह कि करुणा उसके प्रश्नों का उत्तर दे और अपनी समस्त मासूमियत के साथ उससे बातें करे, प्रश्न करे, पर जो प्रश्न का उत्तर ही न दे सके वह प्रश्न कैसे करेगा? इस खयाल से सोम हताश होकर चुप रह जाता। सोचा था इस घर में उसे प्रश्नों का उत्तर देना भी आ जाएगा, पर सबसे बड़ी बात तो उसका इस घर में पहुँचना था। विमला को एक

बार फिर से कोशिश करने के लिए तो वह कह ही चुका था, इसके साथ-साथ वह खुद एक बार उसके यहाँ जाकर उसे समझाना चाह रहा था।

दूसरे दिन आकाश पर कुछ काले बादलों को देखकर हीरा के हृदय की धड़कनें तेज हो चलीं। वर्षा की सम्भावना दिखाई पड़ने लगी थी। वे क्षणिक काले बादल खेतिहरों के भीतर उत्साह और उमंग भर देने के लिए पर्याप्त थे। लेकिन जिस समय वे बादल अपने-आप बिना बूँद टपकाए फट गए, तो किसानों की वे सारी आशाएँ और उमंगें भी उसी तरह फट कर बिखर गईं।

अपने खेत से कुछ सवेरे ही लौटते हुए सोम के मन में आया क़ि एक बार वह करुणा से मिल ले, अपनी बहन के वहाँ पहुँचने से पहले एक बार वह खुद करुणा से बातें करके देखना चाहता था। जिस समय वह उसके घर पहुँचा, करुणा बरामदे में झाड़ू लगा रही थी। सोम को देखते ही उसने झाड़ू कोने में रख दी। सोम भी उसके पीछे उसके घर पहुँचा। बिना कुछ कहे करुणा ने लकड़ी की कुर्सी सोम के आगे बढ़ा दी और खुद दीवार से सटकर खड़ी रही। सोम उसे देखता रहा और वह आँखें झुकाए रही। चन्द सेकेंड बाद सोम ने उस पर से आँखें हटाते हुए कहा, ''यहाँ अकेले रहना तुम्हें कुछ कठिन प्रतीत होता होगा।''

वह चुप रही। सोम उसे नहीं देख रहा था, इसलिए उसकी आँखें सोम पर थीं।

''तुम्हें कुछ चीजों की कमी महसूस होती होगी?'' प्रश्न के साथ सोम ने उसकी ओर देखा और उसने झट सोम पर से अपनी आँखें हटा लीं। सोम ने अपने प्रश्न को दोहराया और करुणा ने सिर हिला दिया। कुछ घड़ी चुप रहने के बाद सोम ने कहा, ''करुणा, तुम्हारे कपड़े बहुत अधिक फट चले हैं। इन्हें बदल क्यों नहीं लेतीं?''

अपने कपड़ों की ओर देखती हुई करुणा शान्त खड़ी रही। उसके भीतर इस समय वही जिज्ञासा फिर से पैदा हो गई जो कुछ दिन पहले अनायास ही पैदा हुई थी। उसके अपने भीतर अनेक प्रश्नों के बीच यह भी एक प्रश्न था कि यह व्यक्ति मेरा इतना अधिक खयाल क्यों रखता है? अपनी माँ के अलावा उसने कभी भी किसी को अपना नहीं माना। जो भी उसके सामने आया है सभी को उसने एक ढंग से देखा है, पर, दो-तीन दिनों से उसे ऐसा लगता है कि यह

व्यक्ति जो उसके सामने बैठा है उसे वह अन्य सभी लोगों से कुछ अधिक महत्त्व देता है, पर क्यों? यही एक प्रश्न उसके दिमाग में उठता और मिटता चला आ रहा था। उसे रोज अपनी माँ की याद आती है। वह सोचती रहती है कि कैद में वह क्या कर रही होगी! उसे अपनी माँ की तरह सोम की भी याद आ जाती। सोचती, उसके प्रति सोम की सहानुभूति का क्या कारण है। करुणा पहले बातें नहीं सोचती थी, अब सोचने लगी है। पहले उसे अपने बारे में कोई भी चिन्ता नहीं थी, अब वह अपने बारे में भी सोचती रह जाती है। वह अपने लिए रोटी और कपड़े के बारे में नहीं सोचती थी, कुछ और ही तरह की चिन्ताएँ उसे सताने लगी थीं।

"करुणा! तुम्हें अपने शरीर का बहुत कम खयाल रहता है। यह लापरवाही क्यों?"

सोम ने एक सुखद आश्चर्य से देखा करुणा के करुण होंठों के बीच एक पतली और हल्की मुस्कान की तरह कोई धुँधली आभा थी। सोम ने उसे अपने प्रश्न का मौन उत्तर समझा। उससे कुछ प्रोत्साहित-सा होकर उसने अपने स्वर में कुछ अधिक सुरीलापन लाते हुए पूछा, "करुणा! क्या कारण है कि तुम हमारे घर रहना नहीं चाहती हो?"

उसने देखा उसके इस प्रश्न से करुणा के पतले होंठों के बीच की वह थिरकन अचानक गायब हो गई। सचमुच ही अपने इस प्रश्न का उत्तर जानने को वह अधीर था। करुणा के होंठों के बीच से मुस्कान के अचानक गायब हो जाने का उसे दुःख हुआ, फिर भी उसे अपने प्रश्न को दोहराते जरा भी हिचकिचाहट नहीं हुई।

"कहो करुणा! तुम हमारे घर क्यों नहीं रहना चाहती हो?"

करुणा जिस दीवार से सटकर खड़ी थी उसी की तरह स्तब्ध रही। उसकी इस अटूट खामोशी से सोम के हृदय में एक हूक-सी पैदा होकर मिट गई। वह भी करुणा की खामोशी का सहारा लिये चुपचाप बैठा रहा। जब अपनी ही खामोशी उसे खलने लगी तो उसने धीरे से कहा, "बस एक बात जानना चाहता हूँ, अगर उत्तर नहीं दोगी तो समझूँगा कि तुम मुझे कुछ और ही समझती हो और मैं तुम्हारे विश्वास का पात्र नहीं।"

करुणा ने अपनी झुकी पलकें उठाकर सोम की ओर देखा। उन आँखों में भी कोई प्रश्न था जो बाहर निकलना चाहकर भी निकल नहीं पा रहा था।

"करुणा! क्या सचमुच तुम हमारे घर नहीं आओगी?"

वह चुप रही, फिर उसके होंठ धीरे-से हिले। शायद उसने कुछ कहा भी, पर वह स्वर सोम तक नहीं पहुँचा इसलिए उसने दोबारा पूछा, "नहीं आओगी करुणा?"

"नहीं।"

सोम ने यह स्वर सुना—एक लड़खड़ाया हुआ-सा स्वर, जो करुणा के स्वर-जैसा नहीं था, फिर भी उसी का था। सोम को उस पर विश्वास न हुआ, पर फिर से प्रश्न करने की हिम्मत उसमें नहीं थी। कुर्सी छोड़ते हुए वह धीरे-से उठा और क्षण-भर के लिए करुणा की ओर देखने के बाद वह घर से बाहर हो गया।

बेहोशी की सी हालत में चलते हुए किसी तरह वह घर पहुँचा। विमला करुणा के यहाँ जाने के लिए तैयार बैठी थी। अपने भाई को देखते ही उसने कहा, "मैं कब से बैठी तुम्हारी राह देख रही हूँ।"

"क्यों, क्या बात है?"

"लो, जैसे याद ही नहीं तुम्हें! करुणा के यहाँ जो जाना है।"

"नहीं जाना है।"

"पर क्यों?"

"कोई जरूरत नहीं।"

"लेकिन तुम्हीं ने तो... ।"

"कह दिया न, वहाँ नहीं जाना है!" सोम ने जोर से कहा और बिना हाथ-पैर धोये चारपाई पर जा बैठा। विमला हैरत में पड़ी उसे देखती रही, फिर साहस के साथ उसने पूछा, "चाय लाऊँ?"

"नहीं।"

"क्या बात है जो चाय पीने से भी इनकार कर रहे हो?"

"कोई बात नहीं है, मैं चाय नहीं पीऊँगा, मुझे इच्छा नहीं है।"

"मैं लाने जा रही हूँ, तुम्हें पीनी ही होगी।"

''मैंने कह दिया मैं चाय नहीं पीऊँगा।'' एक-एक शब्द पर जोर देते हुए सोम ने कहा।

''देखती हूँ कैसे नहीं पीते हो?'' सहमी हुई आवाज में भी अपना साहस प्रदर्शित करती हुई विमला वहाँ से चली गई।

अपने चिड़चिड़ेपन के बोझ से दबा सोम चारपाई पर लेट गया। उसे खीज आ रही थी अपने-आप पर। दिन-भर खेत में घोर परिश्रम के बाद उसके शरीर में थकावट थी, पर उस शारीरिक थकावट से अधिक थकान उसके मस्तिष्क में थी। वह उसे एकदम खाली प्रतीत हो रहा था। कॉलिज के दिनों में ज्यामिति के प्रश्न हल करते समय कभी-कभार उसे ऐसा ही महसूस होता था। उसके दिमाग का हर खयाल अस्थिर था।

कोई पाँच मिनट बाद विमला गिलास में चाय लिये भीतर पहुँची। सोम के पास पहुँचकर गिलास आगे बढ़ाती हुई बोली, ''लो, पी लो!''

''कहा न, नहीं पीऊँगा!''

''यह एकाएक तुम्हें हो क्या गया है?''

''विम्मू, मुझे चुपचाप छोड़ दो।''

''पर भैया, बात क्या है?''

''मैं कहता हूँ, मेरे सामने से चली जाओ।''

''चाय तो पी लो।''

''मेरे सामने से चली जाओ विम्मू, नहीं तो मैं आपे से बाहर हो जाऊँगा।''

''जब तक तुम चाय नहीं पीते, मैं यहाँ से नहीं हटूँगी।''

उसका वाक्य अभी समाप्त भी न हुआ था कि सोम ने थप्पड़ से उसके हाथ के गिलास को इस तरह उछाला कि चारपाई की सफेद चादर से लेकर विमला का समूचा झगला चाय से चपचप भीग गया। विमला भय से अवाक् अपने भाई को देखती रही। पहली बार उसने अपने भाई को इस रूप में पाया था। उसने अपने ऊपर के कपड़े को देखा, फिर अपने भाई को। पल-भर भयभीत-सी खड़ी रहने के बाद उसने नीचे से गिलास उठाया और सिसकती हुई कमरे से बाहर हो गई। रसोईघर में पहुँचकर वह रोने लगी। बहुत दिन पहले उसने सुना था कि उसका यह भाई बाहर बहुत ही सख्त है। उस समय विमला को इस बात

पर विश्वास नहीं होता था। वह हमेशा इसी ताक में रहती कि एक बार वह भी देखे उसके भाई में कितनी कठोरता है, पर वह नौबत कभी नहीं आई थी। फिर समय के साथ एक दिन उसने लोगों के मुँह से यह सुना कि अब सोम वह पहलेवाला सोम नहीं रहा। वह एकदम बदल गया है और उसकी सख्ती मिट चुकी है। विमला को लोगों की दोनों बातों में से एक पर भी विश्वास नहीं हुआ था। सोम और कठोरता उसके लिए कभी भी पर्यायवाची शब्द नहीं थे। उसने सपने में भी नहीं सोचा था कि सोम कभी क्रोधित हो सकता है।

वह समझना चाहकर भी कुछ नहीं समझ पा रही थी। अपनी आँखों से बहते आँसुओं को पोंछती हुई ज्योंही वह पीछे को मुड़ी कि अपने सामने सोम को खड़े देखकर वह अपने को रोक न सकी और उसकी सिसकियों ने जोर पकड़ लिया। सोम ने आगे बढ़कर उसे अपनी बाँहों में ले लिया और उसकी आँखों से आँसू पोंछते हुए अपना निचला होंठ दाँतों से दबा लिया।

"भैया! तुम्हें हो क्या गया है?" सिसकते हुए उसने पूछा।

अपने गले का थूक घोंटते हुए सोम ने धीरे-से कहा, "मुझे माफ कर दो विम्मू!"

विम्मू उसके साथ और भी जकड़ गई।

अपने लँगड़े पैरों से झपटते हुए हीरा भीतर पहुँचा और विमला के रोने का कारण लाख जानना चाहकर भी न जान सका।

छह

काले बादल घिर-घुमड़कर एक बार फिर तितर-बितर हो गए थे। नदी और कुएँ में पानी कम हो चला था। ईख की कटनी पराकाष्ठा पर थी, पर ईख दुबली-पतली और रसहीन थी। ईखवाले सभी कुछ हारकर भी इस आस में थे कि साइक्लोन एंड ड्रॉट की ओर से उन्हें कुछ-न-कुछ मिल ही जाएगा जबकि सब्जियों और गायवालों की तो कमर ही टूट गई थी। सब्जियों के पौधे निपाती हो चले थे। हर पौधे के आखिरी फल तोड़े जा चुके थे। गायवाली औरतें तड़के ही घर से निकलकर खेतों, जंगलों और पहाड़ों की खाक छानकर बारह-एक बजे सूखी घास के हल्के बोझों के साथ घर लौटतीं।

स्वाभाविक था कि छोटे-मोटे खेतिहर और गाय पालनेवाले साधारण लोग भी बेकारों की सूची में अपने नाम दर्ज करा आए थे। किसी ने कुछ देकर और किसी ने भाग्य के सहारे सरकार में तीन दिन की नौकरी पा ली थी। जिस दिन गफूर मियाँ ने राधन और यूसुफ से कह दिया कि कुछ दिन के लिए उसके खेतों के काम रोके जा रहे हैं उस दिन दोनों ने सिर ठोंकते हुए एक स्वर में कहा, ''मोटाइल बकरी लकड़ी चबावे। हमें भी सरकार में तीन दिन की अच्छी-खासी नौकरी थी, जहाँ कुछ नहीं वहाँ बारह रुपये सप्ताह मिल ही जाते थे। पाँच दिन के काम के लालच में खेतों को वापस आए और अब यह हालत रही।''

हीरा उन्हें समझाते हुए कहता कि भगवान इनसान का इम्तिहान लेता है। कुछ दिनों की बात है, बरसात होगी और फिर तो खेतों में काम ही काम होगा।

भीतर से वह भी हताश था, पर अपनी निराशा दूसरों पर जाहिर न करके वह हमेशा आसपास के खेतिहरों को आश्वासन देता रहता कि अब की चाँद में पानी ही पानी है। यहाँ तक कि मँगरू और रामदत्त गोसाईं से तो उसने बाजी भी लगा ली कि पूर्णमासी से पहले बरसात होकर रहेगी।

उसके खेत के सभी पौधे निष्प्राण-से थे। घास भी नहीं उग पा रही थी। बैंगन के नए पौधों के पत्ते पीले हो चले थे। उस दिन ताव में आकर सोम ने अपने भाई से कह ही दिया, "काश, तुम्हारे भगवान को खेतों की इस हालत पर रोना ही आ जाता! शायद उन दो बूँद आँसुओं से इन खेतों में हरियाली छा जाती!"

इस पर हीरा ने हँस दिया था—"दुनिया में सभी कुछ समय पर होता है सोम! समय से पहले कुछ नहीं होता। समय आ जाने पर वर्षा होगी, जरूर होगी।"

"कहीं वह समय उस वक्त तो नहीं आएगा जब लोग भूख से मरने लगेंगे?"

"अगर ऐसा ही होना है तो ऐसा ही होगा!"

"मैं इस खेतों से ऊब गया हूँ।"

"पगला! जब तुम्हें पढ़ने को कह रहा था उस समय तुम्हें मेरी बात अच्छी नहीं लगी थी। आज पढ़-लिखकर तुम भी अपने मित्रों की तरह दफ्तरी साहब होते न! उनके लिए भला कैसी सूखारी? उन्हें तो बस महीने की समाप्ति का इन्तजार होता है। नकद नारायण अपने आप हाथ आ जाता है।"

सूखे खेत के मुरझाए पौधों के बीच रोज अपने भाई से तर्क करके सोम मुँह के बल रह जाता था। यह बात भी थी कि कभी-कभार वह जानबूझकर हार जाता और अपने भाई की निराश आँखों में भी आशा की धुँधली आभा झलकते देखता रह जाता।

शाम धुँधली थी। नदी किनारे इन्दर देवता के नाम पर धान बोए जा रहे थे। पूजा के मंत्रों के बाद हरपरवरी का सुरीला राग सुनाई पड़ता रहा :

...इन्दर देवता पानी दे
पानी के मुहाल बा
धरती मैया प्यासल हवे
मेघ देवता पानी दे
देशवा में संकट बा

पर जा गुहार करे दे पानी दे।
रमा पानी दे, बादल पानी दे...इन्दर देव...।

नदी अधसूखी थी। नीचे के पत्थर हड्डियों की तरह दिखाई पड़ रहे थे। अपनी अल्हड़ और मस्तानी चाल भूलकर वह किसी रोगी की तरह धीरे-धीरे बही जा रही थी—ठीक सोम के विचारों की तरह। सोम जंगली बादाम के पेड़ के नीचे बैठा था और राधन नदी के पानी में अपने पाँव धो रहा था। सोम की आँखें सामने बैठे दो पक्षियों पर टिक गईं। सूखी डाल पर बैठे दोनों पक्षी आनन्द से अपने पंख खुजला रहे थे। सोम के लिए वह खुरियाल बहुत ही प्यारी थी। उसका ध्यान भंग करते हुए राधन ने उसकी ओर देखते हुए कहा, ''तुमने तो कोई उपाय नहीं बताया सोम!''

पक्षियों पर से आँखें हटाकर राधन की ओर देखते हुए सोम ने कहा, ''सोच तो रहा हूँ!''

''मैं तो कभी-कभी ऊबकर घर से बाहर हो जाना चाहता हूँ।''

''यह तुम्हारा पागलपन होगा।''

''तुम मेरी जगह पर नहीं हो सोम, वरना कब के वहाँ से निकल गए होते! कोई भी दिन ऐसा नहीं जाता जब कि कलह न होता हो! कल की बात मैंने तुम्हें नहीं बताई। माँ जब उससे पैसा माँगने लगी तो उसने गालियाँ शुरू कर दी थीं। माँ के मुँह से निकल गया था, 'मेरे बेटे की कमाई पर जीते हुए तुम्हें शर्म नहीं आती?' इस पर वह मेरी माँ पर लात-घूँसे बरसाने लगा था। गालियाँ तो मैं चुपचाप सुन लेता हूँ, पर अपनी माँ को मार खाते कैसे देख सकता था। बीच में पड़कर मैंने उसे केवल ढकेल दिया। अलमारी से टकरा जाने के कारण उसके माथे से खून बह निकला था। फिर तो माँ मुझ पर ही टूट पड़ी और कहने लगी कि कुछ भी हो, वह मेरे बाप के समान था, उस पर मुझे हाथ उठाना नहीं चाहिए था।''

''पर राधन, तुम यह जानने की कोशिश क्यों करते हो कि वह अपने पैसों का करता क्या है?''

''तुम भी तो अनजान बन रहे हो सोम!''

''क्यों, मुझे बात मालूम है?''

''गाँव के सभी लोग जानते हैं।''

''पर मैं नहीं जानता।''

''चमेली गिनती है उसके पैसे।''

''तुम्हें कैसे मालूम हुआ?''

''जैसे गाँव के सभी लोगों को मालूम हुआ है। न जाने मेरी माँ को क्या सूझा था कि बाप की मृत्यु के बाद ग्यारह वर्ष तक अकेली रहकर उसने इस व्यक्ति को अपना मान लिया था।

''शुरू में इस आदमी का जो रूप मैंने देखा था वह न जाने कहाँ गायब हो गया। पहली बार जब उसने हमारे यहाँ आना-जाना शुरू किया था उस समय मैं यही कोई सात-आठ वर्ष का रहा हूँगा। वह जब भी आता था मेरे लिए मिठाइयाँ लिये आता। उस समय उसने मुझे प्यार भी किया था और मुझे ऐसा लगा था कि मेरे जीवन की वह कमी पूरी हो गई है और माँ के अनुरोध पर मैंने उसे बाप कहना भी शुरू कर दिया था। लेकिन समय के साथ सभी कुछ बदलता गया। मेरी माँ पर पूरी तरह अधिकार पा लेने के बाद मुझे फूटी आँखों देखना भी उसे अच्छा नहीं लगता था। उस बात से मैं दुखी तो बहुत हुआ, पर चुप रहा। फिर वे दिन भी आए जब वह गाँजे के नशे में घर पहुँचने लगा। घर से पैसे ऐंठ ले जाना और माँ पर जब-तब गालियों की बौछार करना! उसने घर में अशान्ति पैदा कर दी है। अब तो दिन-ब-दिन बात इतनी बढ़ती जा रही है कि वहाँ रहना कठिन हो चला है।''

सोम राधन को सुनता रहा। उसके इस प्रश्न का कोई हल निकालना चाहकर भी वह असमर्थ था। वह सोचता रहा। राधन अनेक अवसरों पर उसके काम आया था। सोम चाह रहा था कि वह किसी तरह राधन की इस समस्या का कोई हल निकाल सके, पर तभी उसे खयाल आया कि राधन ने बड़ी देर से उसे बात बताई है। इसलिए उसने पूछा, ''लेकिन राधन, तुमने यह बात मुझसे आज तक छिपाई क्यों?''

''क्योंकि कहते शर्म आती थी।''

''अपनों से भी?''

राधन ने सोम के इस छोटे-से प्रश्न का कोई उत्तर नहीं दिया।

"यूसुफ यह बात जानता है?"

"नहीं।" राधन ने छोटा-सा उत्तर दिया।

"तुमने कभी जगलाल चाचा को समझाने की कोशिश नहीं की?"

"वह मेरी कोई बात सुने तब तो कुछ समझाऊँ! उस दिन माँ के पास से आनन्द की फीस का पैसा भी उसने जबरदस्ती ले लिया था। मैंने उसे यह कहकर समझाने का प्रयत्न किया कि आनन्द उसका अपना बेटा ठहरा, उसके कॉलिज की फीस लेकर वह उसे पढ़ने से रोक रहा है। बस, मुझे आँखें दिखाते हुए वह कह उठा कि उसे मेरी राय की आवश्यकता नहीं। सच मानो सोम, कभी जी चाहता है उस पर हाथ छोड़ दूँ, पर माँ का खयाल करके ऐसा नहीं कर पाता हूँ। उस दिन मँगरू चाचा ने, जो कि सभी कुछ देखता और सुनता रहता है, कहा था कि वह लातों का भूत है।"

"कुछ भी हो राधन, वह तुम्हारे बाप-जैसा है, ऐसा करके तुम अपने ऊपर बदनामी लोगे क्योंकि बाहर लोग यह थोड़े ही जानते हैं कि वास्तविकता क्या है। खैर, तुम चिन्ता न करो, मैं कोई-न-कोई उपाय अवश्य ढूँढ़ निकालूँगा।" यह कहते हुए सोम के भीतर आत्मविश्वास का जो अभाव था उसकी झलक राधन को नहीं मिली।

घर पहुँचकर सोम ने अपने भाई से जो पहली बात सुनी वह थी—"वर्षा की सम्भावना जाती रही।"

सोम ने अपने भाई के चेहरे का भाव ध्यान से देखा। उसके चेहरे पर उदासी थी। निराशा की उदासी थी वह जिसे सोम पहली बार देख रहा था। अपने घर के कोने में पहुँचकर उसने अपने-आपसे पूछा कि आखिर पानी क्यों नहीं बरस रहा है। उसके न बरसने का कारण क्या है? इनसान का बुरा चाहनेवाली वह कौन-सी ताकत है जो बूँदों को टपकने से रोक रही है। वह किसी भी अप्रत्यक्ष शक्ति पर विश्वास करने को तैयार नहीं था, फिर भी उसको किसी अदृश्य शक्ति का आभास अवश्य हो रहा था। वह इस विषय पर अपने आपसे तर्क करके अपने मस्तिष्क को थकाता कि तभी विमला ने उसके सामने पहुँचकर

अपने हाथ की रिपोर्ट-बुक उसके हाथों पर रख दी। उस पर हस्ताक्षर करने से पहले सोम ने पिछले पृष्ठों को देखा, फिर इस महीने की रिपोर्ट को और तब विमला की ओर देखकर बोला, ''फ्रेंच साहित्य और इतिहास में गुड के स्थान पर फेयर कैसे आ गया?''

विमला ने पहले ही से तैयार बहाना सामने रख दिया, ''इन विषयों का नया अध्यापक आया है। सबके साथ उसने ऐसा ही किया है।''

''खैर, यह देखना है कि सभी विषयों में तुम क्रेडिट और वेरी गुड कब लेती हो।'' उसने बही में हस्ताक्षर कर दिए, और उसे लौटाते हुए कहा, ''विम्मू, मेरे सिर में कुछ दर्द है। घर में एस्प्रो नहीं है?''

''अभी देखती हूँ।'' कहकर विमला दूसरे कमरे में पहुँची और दूसरे ही क्षण हाथ में गिलास और एस्प्रो लिये भीतर आ गई। उसके हाथ से एस्प्रो और पानी लेकर सोम ने उस छोटी-सी सफेद गोली को गले के नीचे उतारा और विमला को गिलास लौटाकर चारपाई की ओर बढ़ गया। उस पर बैठते हुए बोला, ''मैं कुछ आराम करने जा रहा हूँ। यूसुफ आए तो कह देना कि मैं उसके साथ नहीं जा सकूँगा।''

''तुम्हारे सिर में थोड़ा तेल डाले देती हैं, बहुत सूखा होने के कारण दुख रहा होगा।''

''नहीं विम्मू, इस ठंड में मेरी सर्दी और भी बढ़ जाएगी। चाहो तो यों ही कुछ दबा दो।''

अपने हाथ का गिलास नीचे रखते हुए विमला चारपाई पर बैठकर अपने भाई का सिर दोनों हाथों से दबाने लगी। अपने सिर-.दर्द के बीच भी आँखें मूँदे सोम विमला के कोमल हाथों के स्पर्श का सुख लेता रहा। उन कोमल हाथों के उस स्नेह ने उसकी कल्पना को बावला कर दिया और वह रंग-बिरंगे खयालों में खोया रहा। दूसरे कमरे से अपनी भारी चिन्ताओं के बीच भी हीरा गुनगुना रहा था :

...मोरी आँखियाँ से जो टपके उसे लोर न समझिए रानी
मोरे होंठवा में जो दीखे उसे हँसी न समझिए गोरी
...होरी मोरी आँखियाँ

हीरा के इस स्वर को भेदती हुई बाहर से किसी के पुकारने की आवाज आई, ''विमला! ओ विमला!''

विमला झपटकर बाहर आई। दुरपद के साथ करुणा को सामने खड़े देख उसे कुछ हैरानी हुई और खुशी भी। उसने जल्दी से कहा, ''भीतर आओ चाची!''

और दोनों को लिये वह उस कमरे में चली गई जो कि घर के तीनों कमरों से अधिक सुन्दर और हमेशा साफ रहनेवाला कमरा था। इन लोगों को देखकर हीरा ने कुर्सी छोड़ते हुए अपने एक पैर को आगे फेंका और दूसरे का सहारा लेते हुए खड़ा हो गया। अपनी कुर्सी दुरपद की ओर बढ़ाकर बोला, ''बैठो चाची!''

इतने में विमला ने कोने से कुर्सी लेकर करुणा के पास रखते हुए उसे भी बैठने को कहा। सोम को जब मालूम हुआ कि दुरपद के साथ करुणा आई है तो पहले तो उसने इसे विमला की ओर से मजाक समझा, पर जब खुद अपने सिर-दर्द को भूलकर वह दूसरे कमरे में पहुँचा तो उसे भी हैरानी और खुशी दोनों हुईं। बगल से कुर्सी लेकर बैठते हुए उसने पूछा, ''कहो चाची, कैसा हालचाल है?''

''हमर हालचाल का बोली बेटा। एक पाँव चौखट पर, दूसरा मुरघटिया पर लटकल बा!'' कुछ देर चुप रहकर करुणा की ओर संकेत करते हुए उसने कहा, ''एके अनले हैं तू लोग हियाँ छोड़े के!''

''चाची, तुम्हारा मतलब है करुणा हमारे यहाँ रहने को तैयार है?'' सोम के प्रश्न को, उससे बाजी मारकर विमला ने किया।

''हाँ! अब जब ले सकब स एके अपन लग रखिय स!''

''सचमुच तुम हमारे यहाँ रहने को तैयार हो?'' इस बार हीरा सोम के मन की बात को उससे पहले ही पूछ बैठा।

करुणा ने सिर हिलाकर हामी भर दी। इसके साथ ही उसकी आँखों में जो आँसू छलक आए थे उन्हें सोम ने सबसे पहले देखा और झट ही पूछ उठा, ''पर तुम रो क्यों रही हो?''

उसकी आँखों के वे आँसू गालों के रास्ते दो अलग धाराओं में बह चले!

अपनी अधफटी ओढ़नी से उसने गालों को पोंछा और अपनी सिसकियाँ रोकने में लगी रही।

"क्या बात है करुणा?" विमला ने पूछा।

"हवे जोगिया हरामजादा कल रात में एके अकेले जान के खिड़की से एकर घर में घुस गइल रहल।"

दुरपद ने अभी अपना वाक्य पूरा भी न किया था कि सोम चिल्ला पड़ा, "तुमने क्या कहा चाची?"

"भीतर जयते ही एकर से धड़पकड़ शुरू कर देले रहल! ऊ त देबी मैया की सक्ती से करुणा झट से कँवारी खोल के हमर हियाँ दौड़ भागल!"

"मैं उस कमीने को जीवित नहीं छोड़ूँगा!"

यह कहकर वह जैसे ही दरवाजे की ओर मुड़ा कि तभी विमला उससे लिपट गई। दुरपद भी दरवाजा रोककर खड़ी हो गई। काँपते स्वर में विमला ने कहा, "नहीं भैया!"

सोम का समूचा शरीर क्रोध से काँप रहा था। उसे विमला के बन्धन से छूटने की कोशिश करते देख हीरा ने कहा, "सोम, मेरे सामने आकर बैठो, पहले पूरी बात तो अच्छी तरह सुन लो! विमला, उसे छोड़ दो।"

सोम ने हीरा की ओर देखा। अपने भाई की अवहेलना करने की शक्ति उसके तमतमाए क्रोध में भी नहीं थी।

सात

"नहीं यूसुफ, मैं उस व्यक्ति को माफ नहीं कर सकता। अपने भाई को मैंने झूठा वचन दे दिया, इसका मुझे खेद है।"

"सोम, मैं भी तो यही चाहता हूँ कि उस जलील इनसान को कोई अच्छा-सा सबक देना चाहिए, लेकिन आगे-पीछे देखने पर मैं सोचता हूँ कि हमें इस इरादे को छोड़ देना होगा।"

"छोड़ देना होगा?"

"कम-से-कम अभी के लिए।"

"नहीं, यह नहीं हो सकता।" यह कहते हुए वह अपने स्थान से उठकर खड़ा हो गया।

"बैठ जाओ।" उसके कन्धे पर हाथ रखकर राधन ने कहा।

"तुम दोनों नहीं समझ रहे हो कि मेरे ऊपर क्या गुजर रही है। मैं जब तक इसका बदला नहीं लेता, तब तक मुझे चैन नहीं। तुम दोनों उसके खानदान से डर सकते हो, मैं नहीं डरता।" खौलती हुई आवाज में सोम ने कहा। उसके चेहरे के रंग में हल्की लाली थी। आँखों में भी प्रतिशोध की झलक थी। कुछ मिनट पहले क्रोध से उसका पूरा शरीर तिलमिला रहा था। किसी तरह यूसुफ और राधन उसे लिये मन्दिर के आँगन में आ पहुँचे।

"उसको सबक देने के लिए हम तुम्हारे साथ हैं सोम, पर कहते हैं हड़बड़ी का काम शैतान का होता है।"

"तुम तो मुझे ही सबक देने लगे यूसुफ!"

तभी मन्दिर के भीतर से आरती सुनाई पड़ी और उसके साथ ही घंटी की आवाज। जिस गुलैची के पेड़ के नीचे तीनों बैठे हुए थे उससे एक ही साथ कोई चार-पाँच फूल लुढ़क पड़े। कुछ क्षण तक उन श्वेत फूलों को देखते रहने के बाद सोम उनमें से एक फूल को उठाकर उसे अपनी अँगुलियों के बीच घुमाने लगा। फूल की पंखुड़ियों पर अँगुली फेरते हुए उसने बिना सिर उठाए धीरे-से कहा, "एक बात है जो तुम दोनों को समझा न सकूँगा।" उसके स्वर में नम्रता आ गई थी—"करुणा को मैं बहुत अधिक महत्त्व देता हूँ। क्यों देता हूँ यह पूछने का प्रयत्न न करना, क्योंकि मुझे खुद इसका कारण मालूम नहीं। और जब मैं किसी को महत्त्व देता हूँ तो इसका मतलब यह होता है कि उसका अपमान मेरा अपना अपमान है। मैं इस अपमान को गवारा नहीं कर सकता। तुम दोनों आज मुझे रोक सकते हो, ठीक उसी तरह जिस तरह कल शाम को मेरे भाई ने मुझे रोक लिया था। पर तुम लोग मुझे रोज रोक सको, इस पर मुझे सन्देह है।"

"तुम जिसे महत्त्व देते हो उसकी बात भी तो रखते होगे?"

"कहना क्या चाहते हो?"

"पहले यह तो बता दो कि जिसे तुम महत्त्व देते हो उसकी बात या उसका कोई अनुरोध मानना भी तुम्हें आता है या नहीं?"

"आता है।"

"अब यह भी कह दो यार कि तुम हम दोनों को महत्त्व देते हो या नहीं!"

"तुम्हें बिना महत्त्व दिए ही तुम्हारे साथ दिन-रात बिताया करता हूँ?"

"तो फिर हमारा अनुरोध तो तुम्हें मानना ही होगा।"

"मैं तो कहूँगा हमारे इस हुक्म को तुम्हें मानना ही होगा।"

"एक दिन के लिए सभी कुछ मान सकता हूँ।"

"खैर, एक ही दिन के लिए सही।"

वे कोई चार-पाँच फ्रांसीसी पर्यटक थे जो पूजा के बाद पुजारी के साथ मन्दिर से बाहर हो रहे थे। उन्हें अपने जूते पहनते छोड़ पुजारी सोम के पास आ गया।

"सोम बेटा, ये लोग भगवान की मूर्तियों पर कुछ जानकारी चाह रहे हैं। मेरी क्रिओली उनकी समझ में अच्छी तरह से नहीं आ रही है, जरा तू फ्रेंच में उन लोगों को समझा दे।"

पुजारी के साथ सोम पर्यटकों के पास पहुँचा। उनमें तीन महिलाएँ थीं। आदर के साथ उनको अभिवादन करके सोम ने बारी-बारी से उन्हें विस्तारपूर्वक मूर्तियों के बारे में बताया। ऐसा करते हुए क्षण-भर को वह भूल गया कि वह खुद भगवान को नहीं मानता है। अपनी नास्तिकता को अपने लिए सुरक्षित रख उसने उन विदेशियों को हिन्दू धर्म और उसकी चन्द विशेषताओं के बारे में समझाया। काफी प्रभावित होकर सोम से बिदाई लेते हुए पर्यटकों ने एक स्वर में कहा, "मेरसी बोकू! ओरे! व्वार!"

उनकी मोटर जब तक ओझल नहीं हुई, वे हाथों के इशारे से अपना धन्यवाद जाहिर करते रहे। सोम अपने दोनों साथियों के बीच आकर बैठ गया। कोई पन्द्रह मिनट की बातचीत के बाद अपनी जगह से उठते हुए राधन ने कहा, "आज तुम दोनों मेरे यहाँ भोजन करोगे!"

सोम ने इनकार करना चाहा पर राधन और यूसुफ के सामने उसका कुछ बस न चला और वह भोजन की बात स्वीकार कर घर की ओर चल पड़ा।

वातावरण धूमिल पड़ता गया। बादल घिरते गए। ठंड कुछ कम हुई और हवा में एक हल्की-सी उष्णता सभी ने महसूस की। और तब कुछ ही मिनटों में बिना पूर्व सूचना दिए एकाएक वर्षा शुरू हो गई और देखते-ही-देखते वह मूसलाधार हो चली। खुशी में लोग झाल-ढोलक के साथ मलार गा उठे। कुछ ने इसे सपना समझा। मँगरू ने कहा कि भगवान जब देता है तो छप्पर फाड़कर देता है। हीरा छत की ओरयानी से वर्षा की कुछ ठंडी बूँदों को अपनी हथेली पर लेकर उन्हें इस तरह देखता रहा मानो हीरे-मोती निरख रहा हो। आसपास के बच्चे ठंड को भूलकर पानी में भीगते हुए अपने खेल खेले जा रहे थे।

हीरा ने विमला को अपने पास बुलाकर उसके कान में कहा, "विम्मू! करुणा

का आना बहुत अच्छा है। हमारे घर उसके कदम रखते ही वर्षा क्या हुई, हमें सोना मिल गया।''

उसके उस गद्गद स्वर में खुशी थिरक रही थी।

पूरे नौ महीने के बाद की वर्षा थी वह जो बरसती रही पूरे तीन घंटों तक। घर-घर से मूँगफली और मकई भूनने की सोंधी गन्ध आने लगी थी। करुणा भी चूल्हे पर की कड़ाही की गरम बालू के बीच मकई के दाने झरने से घुमाने लगी। हीरा पीढ़े पर बैठा सूखी भिंडियों से बीज निकाल रहा था। भुनी मकई की सोंधी गन्ध उसकी याद को घसीटे हुए उन दिनों की ओर ले गई जब उसकी माँ बहुत ही सुन्दर गीत गाती हुई जाँते में सतवा पीसा करती थी। हीरा भी अपनी माँ का हाथ बँटाता। उसे सतवा खाए आज मुद्दत हो गई थी, पर वह स्वाद आज भी उसके मुँह में ताजा था। सतवा खाकर जब वह अपना पेट भर लेता और भात खाने से इनकार कर जाता उस समय उसकी माँ यह कहती हुई सतवे के बरतन को छिपा देती कि भात खाने के बाद उसे सतवा मिलेगा। हीरा किसी तरह बरतन ढूँढ़ निकालता और माँ के बिना जाने चुपके से सतवा सानता और जी भरकर खाता। उन दिनों की ये बातें याद करते हुए उसके मुँह में पानी आ गया।

छत के रीसने के कारण घर के गोबर का फर्श जहाँ-तहाँ भीग गया था। तीनों कमरों की तीनों चारपाइयों को उनकी जगह से हटाकर दूसरी जगहों पर रखा गया था जहाँ ऊपर के छाजन में छेद न था। छत के रीसने का हीरा को आज जरा भी दुख न था। उसके घर के भीतर अगर आज रीसे हुए पानी की नदी भी बह जाती तो भी वह खुश ही रहता। उसके चेहरे की घंटों पहले की उदासी को इस अकस्मात् वर्षा ने धो डाला था। भिंडियों से बीज निकालते हुए वह खुशी में चूर गाता रहा, अपनी ही धुन में। कुछ देर बाद विमला गरम-गरम मूँगफली और मकई लिये सामने पहुँची। अपने भाई को थमाते हुए उसने कहा, ''दुरपद चाची कहती थी कि करुणा को घरदारी नहीं आती। मकई के ये लावे चखकर तो देखो!''

''मैंने तो उसकी बात नहीं मानी थी।'' फिर कुछ सोचकर उसने कहा, ''ये चीजें घर में नहीं, रसोईघर में चूल्हे के सामने बैठकर खाई जाती हैं तब आता

है इनका असली आनन्द। माँ अपने समय में कहानियाँ सुनाया करती थी और हम आग तापते हुए चबाते जाते थे। चलो, वहीं चलें।''

अपने हाथ का बरतन विमला को थमाकर तथा अपना एक पैर पकड़कर दूसरे का सहारा लेते हुए वह उठ खड़ा हुआ और विमला के पीछे-पीछे रसोईघर में पहुँचा जहाँ करुणा अब भी मकई और मूँगफली भून रही थी। रसोईघर में वह ठंड नहीं थी जिससे कुछ समय पहले हीरा के रोंगटे खड़े हो गए थे। करुणा ने एक दौड़ती नजर से उसकी ओर देखा और अपने काम में लगी रही। चूल्हे के पास के दूसरे पीढ़े पर, जिस पर कुछ मिनट पहले विमला बैठी हुई थी, बैठते हुए हीरा ने कहा, ''करुणा, तुम्हें तो बहुत कुछ आता है!''

एक मुस्कान के साथ करुणा अपने हाथ का झरना चलाती रही। कड़ाही से लावे फूट-फूटकर उछल रहे थे। हीरा के भीतर भी अपने खेत को लेकर कई तरह के विचार इसी तरह उछल रहे थे। वह चाहता था कि रात जल्दी से बीत जाए ताकि सुबह की प्रथम रश्मि के साथ वह अपने खेत में पहुँचकर वहाँ की मुस्कान देख सके! उसे पूरा विश्वास था कि एक रात के भीतर वह आज के बरसे अमृत का प्रभाव अपने खेत के चप्पे-चप्पे पर पाएगा। वह बेताब था उस परिवर्तन को देखने के लिए। अपने बैंगन के छोटे पौधों को वह इठलाते पाएगा। कल सुबह वह अपने खेत में हमेशा से अधिक काम करेगा, इसका भरोसा था उसे।

''तुम खाते क्यों नहीं हो?''

विमला के इस हस्तक्षेप ने उसे नींद से जगा दिया और कटोरे से एक लावा लेकर मुँह में रखते हुए उसने कहा, ''कल सुबह मुझे सवेरे जागना होगा।''

''कोई खास काम है?'' विमला ने पूछा।

''वर्षा के बाद खेत...''

''मैं जानती थी। खेत भागा थोड़े ही जा रहा है।'' हीरा की बात काटती हुई विमला बोली।

''बरसात हो जाने से खेतों के काम दोगुने बढ़ जाते हैं विम्मू!''

''मैं सोचती हूँ तुम्हें रात को नींद कैसे आएगी?''

''मैं भी यही सोच रहा हूँ।''

वर्षा थम गई थी, पर आकाश साफ नहीं हुआ था। काली बदलियाँ अब भी छाई हुई थीं और रात को वर्षा फिर से शुरू हो जाने की सम्भावना सभी को थी, इसलिए अपने भाई की ओर देखती हुई विमला बोली, "रात को सोना मुश्किल है!"

चूँकि हीरा दूसरे खयालों में था इसलिए विमला की बात उसको समझ में नहीं आई और उसने उसी स्वर में पूछा, "क्यों?"

"पानी आने पर सिर कहाँ छुपाएँगे?"

"एक रात न सोने से क्या बिगड़ता है?"

"दूसरे दिन कॉलिज में बैठकर पढ़ना होता तो जानते।"

"तुम्हारा मतलब है कि तुम्हारा इस कॉलिज में बैठना खेतों में काम करने से अधिक कठिन है?"

"तो तुम सोचते हो कि मैं कॉलिज बैठने जाती हूँ?" ठुनककर विमला बोली।

"मैंने ऐसी बात कह डाली? भूल हो गई राजकुमारी, माफी चाहता हूँ।" एक अजीब ढंग से हीरा ने कहा और भीतर-ही-भीतर मुस्कराकर रह गया।

चारों ओर अँधेरा छा जाने पर भी जब सोम घर नहीं पहुँचा तो सबसे पहले विमला को चिन्ता हुई। इसका यह मतलब नहीं था कि सोम कभी भी देर से घर नहीं पहुँचता था। कभी-कभार तो वह आधी रात को भी घर लौटता था, पर इस बरसाती रात में उसका घर से बाहर रहना विमला को ठीक नहीं जँच रहा था, और वह भी उस हालत में जबकि उसके भीतर बदले की भावना थी।

यह चिन्ता करुणा के भीतर भी थी। वह ऊपर से स्थिर और भीतर से अस्थिर केवल यही सोचे जा रही थी कि कहीं सचमुच ही सोम जोगिया से झगड़ न बैठे। अगर उसका बस चलता तो आज भी वह सोम को घर से बाहर न जाने देती, पर क्या करे! घर से निकलने से पहले सोम उसके सामने कोई दस मिनट तक खड़ा रहा था। अगर वह चाहती तो उसे रोक सकती थी। मूँगफली और मकई भूनते समय उसके भीतर सोम को अपने हाथों ये चीजें देने की इच्छा-सी पैदा हुई थी। पहली बार इस घर में उसने अपने हाथों कुछ तैयार किया था और चाहा था सोम को अपनी आँखों से उन्हें खाते भी देखे। अपने

को कोसती हुई वह चुपचाप बैठी रही। उसने सुना दूसरे कमरे में पहुँचकर विमला अपने बड़े भाई से पूछ रही थी, ''सोम अभी तक घर क्यों नहीं लौटा?''

''दोस्तों के साथ होगा।''

''वर्षा फिर से शुरू होनेवाली है।''

''वह आएगा, तुम चिन्ता क्यों कर रही हो?''

कहने को तो हीरा कह गया, पर भीतर से वह भी उसकी इस देरी से चिन्तित था। कोई और अवसर होता तो शायद बात कुछ और होती, पर इस समय उसकी अपनी धड़कनों में भी घबराहट थी क्योंकि वह सोम के स्वभाव से परिचित था। वह कब-क्या कर बैठेगा, समझना जटिल था। घबराहट के बीच भी हीरा अपने को इस खयाल से आश्वासन दे रहा था कि उसके साथ राधन और यूसुफ होंगे और दोनों किसी भी हालत में उसे कोई अनर्थ कर जाने से अवश्य रोकेंगे। अचानक ही हीरा को एक बहुत पुरानी बात याद आ गई। वह एक तूफानी शाम थी। अँधेरा छाने लगा था और सोम कॉलिज से नहीं लौटा था। उसकी माँ व्याकुल हो उठी थी। अपनी माँ को बहुत अधिक घबराई देख हीरा ने उससे कहा था, ''माँ, मैं उसे देखने जा रहा हूँ!''

''कहाँ जाओगे?''

''पहले सुखराम सिंह के बेटे से पूछकर देखता हूँ कि वह अभी तक वहाँ तो नहीं है।''

''मौसम खराब है, तुम नहीं जा सकोगे।''

''मैं जा सकूँगा माँ!''

''नहीं, हवा बहुत तेज है, बाहर बहुत जोरों की वर्षा भी हो रही है।''

''मैं एक बार उससे पूछकर तो आ जाऊँ।''

उसकी माँ उसे रोकती रह गई थी और वह दोनों कन्धों के नीचे बैसाखी दबाए उस खराब मौसम में भी बाहर निकल पड़ा था। सुखराम सिंह के घर पहुँचकर उसे मालूम हुआ था कि उसका अपना बेटा भी घर नहीं लौटा है। इस बात से उसे कुछ आश्वासन मिला था, लेकिन अपनी माँ को धीरज बँधाने के लिए यह बात पर्याप्त नहीं थी। घर पहुँचकर उसने अपनी माँ से झूठ कह दिया था कि उसके कॉलिज में किसी खास उत्सव की तैयारी हो रही है, इसीलिए

उसका कुछ देर से पहुँचना स्वाभाविक था। पर उसकी माँ को इस बात से भी सन्तोष नहीं हुआ था और वह बरामदे में चहलकदमी करती रह गई थी। समय के साथ मौसम अधिक खराब होता गया था और उसकी माँ का दिल भी अधिक बैठता गया था। वह रोने लगी थी और उसे देखकर छोटी विमला भी सिसकियाँ लेने लगी थी। काफी देर बाद जब सोम भीगा हुआ घर लौटा था तो माँ उससे लिपट गई थी और सोम ने अपनी देरी का कारण बताते हुए कहा था कि एक मित्र उन्हें जबरदस्ती अपने घर लिये चला गया था।

इस पुरानी घटना की याद आ जाने से हीरा को कुछ अधिक चिन्ता हो गई। उसने सोचा इस बार सोम की जिम्मेदारी पूरी तरह उसके ऊपर है। उस समय माँ भी थी, लेकिन इस समय वह अकेला है। वह अभी सोच ही रहा था कि बाहर से पदचाप सुनाई पड़ी और उसने राहत की लम्बी साँस ली। वह सोम की पदचाप को पहचानता था। उसके भीतर आते ही हीरा ने प्रश्न किया, ''इतनी देर तक कहाँ रह गए थे?''

''राधन के घर चला गया था।''

इतना कहकर सोम दूसरे कमरे में पहुँचा जहाँ विमला और करुणा बैठी हुई थीं। उसे देखते ही विमला ने झुँझलाहट का अभिनय करते हुए पूछा, ''यह भी कोई घर लौटने का समय है? इतनी देर तक वहाँ कर क्या रहे थे? भूख नहीं लगी है अभी तक?''

एक ही बार में तीन प्रश्न सुनकर सोम अवाक् खड़ा रहा। करुणा की ओर देखा, उसकी आँखों में भी वही प्रश्न थे। सोम ने हौले-से कहा, ''मैं राधन के यहाँ से खाकर आ रहा हूँ।''

''इसीलिए तुमने इतनी देर की!''

''गोश्त पका था। सोचा था जेब में छिपाकर तुम्हारे लिए कुछ लेता आऊँगा, पर फिर खयाल आया कि तुम जैसी नाक में दम कर देनेवाली बहन के लिए कुछ लाना-न-लाना बराबर है, इसलिए नहीं लाया।''

''दया की मेरे ऊपर क्योंकि कल मैं उपवास रख रही हूँ।''

सोम ने देखा, करुणा भी इस बात पर मुस्करा उठी थी।

आठ

हर शनिवार को फेरीवाली वह लम्बी औरत रास्ते से गुजरती थी। विमला उसी की प्रतीक्षा में बैठी थी। उसे सामने से जाते देख उसने आवाज देकर उसे पास बुलाया। उसकी गठरी में हमेशा औरतों की खास चीजें होती थीं। अपने लिए तो अभी पिछले ही सप्ताह विमला को जो चीजें खरीदनी थीं, वह खरीद चुकी थी। इस समय उसे करुणा के लिए कुछ खरीदना था, पर चूँकि करुणा को उन खास कपड़ों के नाममात्र से शर्म आती थी, इसलिए विमला के बुलाने पर भी वह सामने नहीं आई। विमला ने अपनी पसन्द और अन्दाज से उसके लिए जो चीजें खरीदनी थीं, खरीदीं और उन्हें लिये करुणा के सामने पहुँची। करुणा ने कनखी से उन अन्दरूनी कपड़ों की ओर देखा और फिर आँखें इस तरह हटा लीं गोया कह रही हो कि वह उन्हें नहीं पहनेगी। उसे चिकोटी लेती हुई विमला बोली, ''मैं तुम्हारा श्वसुर थोड़े ही हूँ जो मेरे सामने इस तरह शरमा रही है।''

इस घर में करुणा कुछ बोलने और कुछ हँसने भी लगी थी, पर प्राय: उसका बोलना और हँसना केवल विमला के सामने ही होता था। आज भी वह सोम और हीरा के सामने खामोशी और उदासी की वही मूर्ति थी। धीरे-धीरे विमला उसे अपने रंग में रँगने लगी थी और कुछ दिनों से करुणा उसी की तरह के कपड़े भी पहनने लगी थी। पहले दिन उसको उटंग लहँगे और तंग ब्लाउज में देखकर सोम को ऐसा प्रतीत हुआ कि करुणा उसके खयाल से भी अधिक

सुन्दर है। यहाँ के नए श्रृंगार से उसका सौन्दर्य सचमुच ही सोम के लिए बहुत अधिक निखर आया था। वह जब भी उसे देखता, चुपचाप देखता ही रह जाता। एक तरह से वह खुद करुणा की उस खामोशी का शिकार होकर आजकल बोलना भूल बैठा था। पर कल सुबह उसने बड़े साहस के साथ कह दिया था, ''करुणा! तुम बहुत ही सुन्दर हो!''

उसने तो सहज भोलेपन से यह वाक्य कह दिया था लेकिन यह छोटी-सी बात करुणा के अन्तःकरण में इस तरह समा गई थी कि वह जिधर जाती उधर इसी वाक्य की प्रतिध्वनि उसे सुनाई पड़ती रहती। उसे अब अपनी माँ की याद भी बहुत कम आने लगी थी।

बीच के कमरे में खम्भे से लगा एक धूमिल आईना था। उसके सामने खड़ी होकर अपने को निहारते हुए करुणा को ऐसा लगता कि वह आईने का चेहरा उसका अपना नहीं था। उसे पहली बार आईने के सामने खड़े होते देख विमला ने कहा था, ''देखना, अपने को नजर न लगा देना।''

और शीशे में उसने अपने जीवन की पहली हँसी देखी थी। वह हँसी उसे अच्छी लगी थी। चाहा था कि सभी कुछ भूलकर अब वह हर वक्त हँसती ही रहे, पर अपने स्वभाव को बिसरा देना उसके लिए उतना सहज नहीं था। उदासी उसकी स्वाभाविकता थी और हँसी एक अभिनय। उसकी स्वाभाविकता में निश्छलता थी और अभिनय में कृत्रिमता और यही कारण था कि उसकी उस हँसी में स्थायित्व नहीं था।

कोई दस मिनट बाद जब वह बीचवाले कमरे से निकलकर विमला के पास आई तो उसे ऐसा लग रहा था कि वह अपने आप में बँधी हुई है। उसे अपना ही बदन अजीब-सा लग रहा था। उसे खीज-सी पैदा हो रही थी। उसकी उस स्थिति को समझती हुई विमला मुस्कराती हुई बोली, ''आदी हो जाओगी।''

करुणा ने उसको इस तरह देखा मानो कह रही हो कि यह श्रृंगार है या मुसीबत! उसे एक नटखट नजर से देखने के बाद विमला ने कहा, ''सच मानो, बहुत सुन्दर दीख रही हो!''

''तुमसे भी ज्यादा?''

''मैं सुन्दर थोड़े ही हूँ! मेरा भाई तो मुझे भोंदू कहता है।''

''सोम?''

''हाँ वही।''

''तुम्हें भोंदू कहता है तो मुझे क्या कहेगा!'' एक पल चुप रहकर उसने विमला से पूछा, ''विम्मू, तुम अपने दोनों भाइयों में किसे अधिक चाहती हो?''

''दोनों को बराबर। और तुम?''

''मैं? मैं भी ब...बराबर!''

यह कहकर करुणा ने शायद सच न कहा हो, क्योंकि दोनों में से एक के बारे में वह कुछ अधिक सोचती थी इस बात को वह माने बिना नहीं रह सकती।

विमला अपने अध्ययन में लग गई, तो करुणा के सामने अनायास ही बीते हुए दिनों की कुछ धुँधली यादें झिलमिलाने लगीं। वे अभाव के दिन थे। मकई और कन्द पर गुजारा होता था। उसकी माँ और सोम की माँ में बहुत बड़ी घनिष्ठता थी, इसलिए सोम की माँ कभी-कभार उसके घर कुछ-न-कुछ छोड़ जाया करती थी। उस समय सोम भी उसके साथ आ जाता था। एक दिन अकारण उसने करुणा से कहा था, 'करुणा, तुम हमारे घर क्यों नहीं आ जातीं?'

उस समय करुणा बहुत छोटी नहीं थी, फिर भी सोम की इस बात को वह समझ नहीं पाई थी। सोम ने भी अपने इस प्रश्न का मतलब नहीं समझा था। उसके मुँह में बात आई थी और उसने कह दी थी। सोम और उसकी माँ के चले जाने पर करुणा ने अपनी माँ से पूछा था, 'माँ, ये लोग, हमारे परिवार के हैं?'

'परिवार से भी अधिक हैं बेटी! परिवार तो केवल सुख में साथ रहता है, ये लोग तो दुःख में काम आते हैं।'

अपनी माँ की इस बात पर वह घंटों तक सोचती रह गई थी। उसी दिन से जब भी सोम उसके सामने होता वह उससे बातें करना चाहकर भी मुँह नहीं खोल पाती। सोम के चले जाने पर वह अपने आपसे खीज उठती। उसे बहुत बोलना नहीं आता था, लेकिन सोम के सामने वह बोलना चाहती थी, और अपने इस प्रयास में और गम्भीर, और मौन रह जाती थी। उसकी माँ के कैद हो जाने पर जब सोम ने उससे दूसरी बार अपने घर आ जाने की बात कही तो वह

पहली बार से अधिक गम्भीर प्रतीत हुआ था। उसके उस प्रस्ताव को मान लेने की इच्छा रखती हुई भी वह 'हाँ' नहीं कह सकी थी। आज वह अपने आपसे पूछ रही थी कि अगर जोगिया आकर उस पर आक्रमण न करता तो क्या वह कभी भी इस घर में नहीं आती? वह अपने इस प्रश्न का उत्तर 'नहीं' में देने को तैयार नहीं थी।

पुरानी यादें उसके मस्तिष्क में शृंखलाबद्ध थीं। एक कड़ी के बाद दूसरी कड़ी आती गई। ऊपर की घटना से सात वर्ष बाद वह दीवाली की एक शाम थी—अभाव दूर हो जाने के बाद की एक जगमगाती शाम, क्योंकि उस महीने करुणा की माँ को पाँच घरों में काम मिले थे। करुणा मिट्टी के दीपों को जलाने के बाद उन्हें दरवाजे के सामने सजा रही थी कि सोम सामने आकर खड़ा हो गया था। मिट्टी के दीपों के प्रकाश में करुणा को देखते रहने के बाद उसने कहा था 'आज दीवाली के अवसर पर तुमने नया कपड़ा नहीं पहना? तुम्हारे शरीर पर आज तक मैंने कोई भी गहना नहीं देखा! रबड़ की एक चूड़ी भी नहीं! आखिर क्यों? पर उसकी जरूरत भी क्या है, करुणा, ऐसे ही तुम बहुत सुन्दर हो!'

करुणा की पलकें उस समय ऊपर नहीं उठ सकी थीं।

आज विमला ने भी कहा था कि वह बहुत सुन्दर है। करुणा सोचती रही—अपनी सुन्दरता से अधिक विमला और सोम की बातों पर। उसे इस बात में जरा भी शक नहीं था कि उसकी माँ उसे बहुत प्यार करती थी, लेकिन जिस बात के लिए वह हमेशा तरसती रही, वह थी अपनी माँ के मुँह से अपने प्रति एकाध अच्छी बात सुनना। उसकी माँ उसका बहुत ही खयाल रखती थी—इसका एहसास करुणा को बात-बात में होता रहता था। लेकिन माँ की यह भावना उसके ऊपरी व्यवहार से एकदम भिन्न थी। ऊपर से वह हर वक्त करुणा को कोसती और गालियाँ देती रहती थी। बात-बात पर उसे चुड़ैल और बन्दरी कहना उसकी वह आदत थी जिसे एक हल्के दर्द के साथ सह लेना करुणा की आदत बन गई थी। अपने घर में उसने केवल भीतरी स्नेह पाया था जबकि इस घर में उसने ऊपरी और भीतरी दोनों तरह का प्यार पाया। पिछली रात को रसोईघर में होते हुए भी उसने विमला और उसके बड़े भाई की सभी बातें सुनी

थीं। वे बातें एक बार फिर उसके कानों के पास से ज्यों-की-त्यों गुजर गईं। पहला स्वर हीरा का था, "विम्मू! करुणा यहाँ खुश दीखती है या नहीं?"

"मुझे तो वह खुश दिखाई पड़ती है।"

"पर मुझे नहीं।"

"क्यों?" विमला ने पूछा था।

"मुझे तो लगता है कि वह बहुत उदास रहती है।"

"उदासी तो उसका स्वभाव है।"

"कभी उसे हँसते भी तो देख पाता!"

"भैया, अगर तुम उसे हँसते ही देखना चाहते हो तो उस समय छिपकर देखना जब वह मेरे साथ अकेली होती है।"

"तो फिर हमारे सामने क्यों नहीं हँसती?"

"शरमाती होगी।"

"बातें भी तो नहीं करती।"

"मेरे साथ तो कैंची की तरह जबान चलाती है।"

"उससे कह देना कि हमारे साथ वह इस तरह शरमाये नहीं।"

"मैं उसे पकड़कर तुम्हारे सामने ले आऊँगी, तुम खुद कह देना।"

"मुझे वह बहुत अच्छी दिखाई पड़ती है। तुम्हें?"

"मुझे तो तनिक भी नहीं।"

करुणा अपने स्थान से ही विमला के स्वर में जो शरारत थी उसे पहचान गई थी। इन बातों को सुनते हुए उसका दिल जोरों से धड़क रहा था। विमला के इस वाक्य ने उसके होंठों पर एक मुस्कान ला दी और वह उसी के साथ आटे को रूँधती रही थी। पल-भर की खामोशी के बाद हीरा का स्वर फिर से सुनाई पड़ा, इस बार कुछ अधिक गाम्भीर्य लिये हुए।

"देखना विम्मू, उसे किसी तरह की तकलीफ न होने पाए। माँ के होते हुए भी उसे अपने ही जैसी अनाथ समझना चाहिए।"

"मैं तो उसका खयाल रख लूँगी, पर मेरा खयाल कौन रखेगा?"

"तुम्हारा मतलब यह तो नहीं कि मैं तुम्हारा खयाल नहीं रखता?"

"तुम्हें तो आजकल करुणा की चिन्ता अधिक हो चली है।"

विमला की दिल्लगी को कुछ और ही समझकर हीरा ने कहा, ''कारण जानना चाहती हो?''

हीरा के इस प्रश्न से करुणा का दिल और भी जोर से धड़कने लगा था।

''हाँ!'' विमला बोली थी।

''कारण बस इतना ही है कि तुम्हारी चिन्ता के लिए एक नहीं दो-दो व्यक्ति हैं और मैं तीसरे की खोज में हूँ जबकि इस बेचारी की चिन्ता करनेवाली जो थी वह भी न रही।''

ये वे बातें थीं जिन्हें सुनकर करुणा ने इस घर में एक दुर्लभ आत्मीयता का अनुभव किया था। यहाँ की घनिष्ठता के बन्धन ने उसे सचमुच ही अपने में जकड़ लिया था। विमला के बड़े भाई को आज तक उसने आँखें उठाकर अच्छी तरह से नहीं देखा था। उसकी आवाज से वह उसे इस घर का सबसे अच्छा समझने लगी थी। इस घर में आज उसका आठवाँ दिन था। उसने उसे कभी भी जोर से बातें करते नहीं सुना था। उसके स्वर में एक अजीब-सी नम्रता थी। किसी को कोई आदेश देते वक्त भी ऐसा प्रतीत होता कि वह याचना कर रहा है। करुणा भगवान को इस बात के लिए कोसने लग जाती कि ऐसे आदमी को उसने अपाहिज क्यों कर दिया। उसे कठिनाई से चलकर खेत जाते हुए देख करुणा विह्वल हो जाती। उसके भीतर की दया उमड़ आती पर ऊपर से वह उसी तरह मौन की मौन रह जाती। वह इस कल्पना में खो जाती कि अपने इस रोगी शरीर से यह इनसान खेतों के उन कठोर कामों को कैसे करता होगा। जिसको चलने में इतनी कठिनाई होती है वह दिन-भर खेतों में खून-पसीना एक करके जिए—यह बात उसके भोलेपन को झकझोरकर उसे सोचने को विवश कर देती। वह गाँव के उन अच्छे-खासे शरीरवाले लोगों के बारे में सोचती जो बेकारी की जिन्दगी गुजार लेते हैं या जो दूसरों के सामने हाथ फैलाकर जी लेते हैं। मन-ही-मन वह उन लोगों को धिक्कार उठती।

अनेक विचारों के दौरान उसके अपने हृदय में यह विचार भी पैदा हुआ कि इस साहसी इनसान की बगल में काम करने में न जाने किस तरह का अद्‌भुत आनन्द निहित होगा। वह सोचती, अगर जीवन में उसे कभी इस तरह का अवसर मिल जाए तो वह उसे कभी नहीं चूकेगी। वह उसके अपने जीवन की

सबसे सुखद घड़ी होगी। वह भीतर-ही-भीतर अपने में इस तरह तर्क किया करती, पर उसे देखनेवाले आज भी उसे उसी तरह मासूम और पगली पाते।

विमला कॉलिज से नहीं लौटी थी और हीरा सिर-दर्द के कारण खेत से कुछ सवेरे ही लौट आया था। करुणा को विवश हो गरम चाय का कटोरा लिये उसके सामने पहुँचना ही पड़ा। हीरा चारपाई पर लेटा हुआ था। करुणा को भीतर आते देख वह सँभलकर बैठ गया। करुणा ने बिना उसकी ओर देखे चाय आगे बढ़ा दी। उसके हाथ से चाय का कटोरा लेकर हीरा ने पूछा, ''विम्मू अभी तक नहीं आई ?''

करुणा ने सिर हिलाकर नाहीं भरी।

''दूसरे कमरे की मेज की दराज में एस्प्रो की गोलियाँ होंगी, उनमें से दो लेती आओ न!''

''आप बीमार हैं ?''

हीरा ने आँखें उठाकर उसकी ओर देखा। यह उसके सामने करुणा का पहला प्रश्न था। हीरा को अपनी ओर देखते पाकर करुणा अपने ही में सिमट गई। क्षण-भर के लिए ऊपर उठी उसकी काली आँखें अपने आप झुक गईं और हीरा के उत्तर की प्रतीक्षा किए बिना ही वह दूसरे कमरे में चली गई। तुरन्त एस्प्रो की दो टिकिया लिये वापस आई और उन्हें हीरा की हथेली पर रख दिया। टिकिया घोंटने से पहले हीरा ने कहा, ''मेरे सर में जोर का दर्द है।''

करुणा के मन में आया कि वह उससे पूछकर उसका सर कुछ दबा दे, पर पूछने की हिम्मत उसे नहीं हुई। हीरा के हाथ से जूठा कटोरा लेकर जब वह जाने को हुई तो हीरा ने उसे रोकते हुए कहा, ''सोचता हूँ, तुम्हारा यहाँ मन नहीं लगता होगा।''

''ऐसा क्यों कहते हैं ?''

''तुम्हें हर वक्त उदास देखता हूँ।''

करुणा चुप रही। हीरा ने ही कहा, ''माँ की बहुत याद आती है ?''

वह चुप ही रही।

"मुझे देखो करुणा!"

करुणा ने उस याचना को आदेश मानकर आँखें उठाई। हीरा उसे देखता रहा।

"तुम्हें किसी चीज की कमी है यहाँ?"

उसने सिर हिलाकर 'नहीं' कहा और आँखें झुका ली।

"तुमने सर क्यों झुका लिया? इस तरह कब तक शरमाती रहोगी?"

उसने फिर धीरे-से सर उठाकर हीरा की ओर देखा, पर उसकी ओर अधिक देर तक देखना उससे न हुआ। हीरा ने इस बार मुस्कराते हुए कहा, "तुमने सोचा होगा कि तुम्हें यहाँ बुलाकर हम तुम्हारे ऊपर उपकार कर रहे हैं, पर यहाँ तो तुम्हें बहुत सारे काम करने पड़ते हैं!"

"अपने यहाँ तो मैं इससे भी अधिक काम करती थी।"

"एक बात कहूँ, बुरा तो नहीं मानोगी?"

"नहीं।" कठिनाई से करुणा ने कहा।

"जब से इस घर में आई हो, यहाँ की खुशियाँ बढ़ गई हैं।"

करुणा ने अपने हाथों में एक कम्पन अनुभव की। कटोरे को वह जोर से पकड़े रही। वहाँ से दूसरे कमरे में पहुँचकर वह एक लम्बी साँस लेना चाह रही थी, पर कदम उठाते उसे कठिनाई हो रही थी क्योंकि डरती थी कहीं हीरा उसे फिर से रुकने को न कह दे। अपने हृदय की धड़कनें गिनती हुई वह खड़ी रही।

"सच मानो करुणा, तुम जब से यहाँ आई हो, यहाँ की खुशियाँ बढ़ गई हैं।"

"खर्च बढ़ गया है।"

"नहीं करुणा, आमदनी की आशा बढ़ गई है। मेरी माँ हमेशा यही कहती थी कि कुछ लड़कियों का पैर ही इतना अच्छा होता है कि रात-भर में कुटिया में महल की रौनक आ जाती है।"

करुणा ने लजीली आँखों से हीरा की ओर देखा और उन्मादित कदमों से रसोईघर की ओर चल पड़ी।

नौ

अभी आध घंटे पहले करुणा और विमला दोनों खेतों की घनी हरियाली के बीच थीं। कल रात ही सोम ने कहा था कि दिन में समय मिलने पर दोनों एक साथ खेतों की सुन्दर छटा देखने आ जाएँ। विमला के भीतर तो खेत देखने की बहुत बड़ी इच्छा नहीं थी, पर करुणा के लिए वह बिन-माँगी मुराद थी। बहुत ही उमंगों के साथ वह वहाँ पहुँची थी और वहाँ के हरे-भरे वातावरण से मुग्ध होकर अपने आपको उसमें खो चुकी थी। पौधों के फूलों और नन्हे फलों को स्पर्श करके वह निहाल थी। हीरा को उसने जिस स्फूर्ति से काम करते देखा था, उससे वह चकित थी। वह अपने साथ खीर और पूरियाँ ले गई थी, जिसे चारों ने नारियल के पेड़ के नीचे बैठकर एक साथ खाया था। खीर के आखिरी कण को अपनी अँगुलियों से चाटते हुए सोम ने कहा था, "खुद तुम्हारी माँ को तुम्हारे गुण का पता नहीं था करुणा! इतनी स्वादिष्ट खीर पकानेवाली लड़की को वह भद्दी कहती थी।"

उस समय करुणा के मन में हीरा से भी कुछ सुनने की चाह पैदा हुई थी, पर न जाने क्यों हीरा ने उस समय चुप्पी साध ली थी। खेत छोड़ते समय करुणा ने बैंगन के एक पौधे से एक बैंजनी फूल तोड़कर अपने साथ ले लिया था। रास्ते में दोनों ओर ईख की कटाई हो रही थी। काफी शोर के साथ ईख काटी और लॉरियों में लादी जा रही थी। वहाँ की रमणीकता करुणा के मन में बस गई थी। उसने ईखों के बीच मर्दों को, उनकी बगल में औरतों को और औरतों

के साथ कुछ लड़कों को भी काम करते देखा था। सभी एक-दूसरे का हाथ बँटाते-से लग रहे थे। सभी खुश थे। रास्ते में दुरपद मिल गई थी, सर पर ईख के हरे पत्तों का बोझ लिये। बातों के दौरान उसने करुणा से कहा था, "अभी पन्द्रह दिन नैं होल बा और तू चिन्हात ने हवै। पचकल गाल पुआ जैसे निकल आल बा।"

यह सुनकर विमला ने करुणा की कमर में चिकोटी काट दी थी।

खेतों की सुहानी याद में बैठी वह विमला को अपनी पुस्तक में खोए देखती रही। विमला को रोज पढ़ती देख वह उससे तरह-तरह के प्रश्न पूछा करती। अब उसे इस बात का दुख होता कि काले अक्षर उसके लिए भैंस बराबर थे। यहाँ उसे अपनी माँ की यह दलील झूठ लगने लगी थी कि पढ़-लिखकर लड़कियाँ खराब हो जाती हैं, क्योंकि विमला तो उसे बहुत ही अच्छी लगती थी। जब विमला उसे अपनी पुस्तकों से कहानियाँ पढ़कर सुनाती, तो उसे अपने अनपढ़ होने पर खीज होती। विमला के सामने उसे शर्म भी आती क्योंकि उम्र में वह उससे कोई तीन-चार वर्ष बड़ी थी। अभी कल ही तो विमला ने उसे अपनी साहित्य की पुस्तक से एक प्यार-भरी कहानी सुनाई थी, जिसमें दो प्रेम करनेवालों ने जहर खाकर आत्महत्या कर ली थी। कहानी सुनाने के बाद विमला ने यह भी कहा था कि यह कहानी अंग्रेजी के एक सर्वश्रेष्ठ लेखक की रचना है और यह एक अमर प्रेम-कहानी मानी जाती है। बात करुणा की समझ में नहीं आई थी। प्यार के बारे में वह कुछ-कुछ एहसास करने लगी थी, लेकिन प्यार का इतना दर्दनाक अन्त उसे अच्छा नहीं लगा था। प्यार को वह निराशा मानने को तैयार नहीं थी, पर चूँकि वह अनपढ़ थी और सभी बातें उसकी समझ के भीतर की नहीं होती थीं इसलिए उसने विमला से कोई तर्क नहीं किया था। अपने खयालों के बवंडर से छूटकर उसने विमला से प्रश्न किया था, "बहुत कठिन होता है पढ़ना?"

"कठिन तो होता है, पर तरकारी में नमक मिलाने से कम!"

"कितने दिनों में मैं पढ़ना सीख सकती हूँ?"

बिना सोचे विमला ने झट कह दिया था, "चाहो तो एक महीने में।"

"मैं भी पढ़ना चाहती हूँ।"

"क्या पढ़ना चाहती हो—हिन्दी, अंग्रेजी या फ्रेंच?"

"मेरे लिए हिन्दी पर्याप्त होगी।"

"तो फिर इसके लिए बड़े भैया को देखना होगा।"

"क्यों, तुम्हें हिन्दी नहीं आती?"

"आती तो है, पर उतनी नहीं जिससे दूसरे को सिखा सकूँ।"

"तुम्हारे बड़े भैया से सीखने का साहस अपने में नहीं है।"

"तुम्हें उससे डर लगता है?"

उसने सिर हिलाकर 'नहीं' कहा।

"तो फिर?"

"इसे डर ही सोच लो।"

"पगली, मेरे बड़े भैया से डरने का मतलब जानती हो क्या होता है।"

"नहीं तो।"

"अच्छाई से डरना।"

करुणा को इस बात की खुशी हुई कि हीरा के बारे में विमला का भी वही खयाल था जो उसका अपना था। विमला से कुछ न कहकर उसने मन-ही-मन निर्णय किया कि हिन्दी पढ़ना उसके लिए जरूरी था। निर्णय के बाद उसने अपने आपसे पूछा कि आखिर पढ़ने की यह अकारण और अकस्मात् इच्छा क्यों? उत्तर ढूँढ़ने में अपने दिमाग को खपाना उसने ठीक नहीं समझा।

राधन के घर पर जगलाल से बातें करके सोम को मालूम हो गया कि इस आदमी को सही रास्ते पर लाना कठिन था, पर बात असम्भव थी यह सोचना वह नहीं चाहता था। वह एक बार चमेली से मिलकर भी देखना चाहता था। शायद उसे समझाकर जगलाल को वहाँ से हटा सके! पर अधिक सोचने पर उसे यह बात पहले प्रयास से भी अधिक असम्भव प्रतीत हुई। चमेली को यह कहना कि वह पैसे को ठुकरा दे, कम टेढ़ी खीर नहीं था। सोम हर तरह से राधन के प्रश्न को सुलझाना चाह रहा था, पर उस पर अधिक गम्भीरता से सोचते हुए उसे वह अत्यन्त उलझा हुआ प्रश्न महसूस होता। उसे चमेली के यहाँ देखकर

लोग न जाने क्या सोच बैठें, पर उसे इसकी कम परवाह थी। उसने तय कर लिया था कि चाहे कुछ भी हो, वह एक बार चमेली से मिलकर रहेगा।

ठंड से ठिठुरी हुई रात थी, तारे ठिठुरे हुए थे और हवा भी ठिठुरी हुई थी। वह चमेली के घर की ओर बढ़ रहा था। उसके भीतर डर जैसी कोई भी चीज नहीं थी अलबत्ता हिचकिचाहट अवश्य थी। वही हिचकिचाहट जो कड़ाके की ठंड में घर से बाहर निकलते हुए किसी को होती है। चारों ओर से मोम की तरह जमी हुई ठंड को चीरते हुए वह चल रहा था। उसे इस बात का भी बिलकुल डर नहीं था कि कहीं किसी ने उसे चमेली के घर देख लिया तो क्या होगा। लोग कुछ भी सोच सकते हैं उसे इस बात की बहुत कम परवाह थी। आशंका थी तो केवल इस बात की कि कहीं चमेली उसका मजाक न कर बैठे। इस आशंका की भी कोई परवाह किए बिना वह बढ़ता रहा।

अधभूखे कुत्ते अपनी परछाईं को देखकर भूँक उठते थे। रात घटाटोप नहीं थी, पर तन्हाई भारी थी। जिस रास्ते पर वह चल रहा था वह आगे-पीछे दोनों ओर निर्जन था। सन्नाटे के गहरे साम्राज्य का वह सम्राट था। पेड़ों से जंगली कीड़े ठंडे गीत गा रहे थे। काफी दूर ही से ताम्बी की दुकान दिखाई पड़ने लगी थी। रामदत्त गोसाईं के घर से आल्हा का राग सुनाई पड़ रहा था। ठंड के कारण उसमें ओज की कमी थी। दूर ही से बादलों से बाहर आ जानेवाली चाँदनी में उसने इमली के मोटे-से पेड़ के नीचे दो आकृतियों को देखा। दोनों आकृतियों की नजरें भी उस पर पड़ गई थीं, इसलिए जल्दी-से दोनों पेड़ की आड़ में हो गए। सोम को बात समझते देर नहीं लगी। वह जान गया कि दोनों आकृतियों में एक औरत थी। उस ओर बिना देखे वह बढ़ता रहा। ठीक सामने चमेली का घर था। अपने झिझकते पैरों को झकझोरते हुए उसने आँगन में प्रवेश किया। चमेली का कुत्ता भूँकता हुआ उसके पास पहुँचा और उसका एक चक्कर काटकर दुम हिलाने लगा। सोम ने सोचा कि कुत्ते को गलतफहमी हो गई है। फिर उसने यह भी सोचा कि आखिर इस आँगन में नियमित आनेवाला वह कौन होगा जिसके शरीर की गन्ध मेरे शरीर की गन्ध से मिलती होगी। खैर कोई भी हो, मुझे इससे क्या! और अपने भारी कदमों को उठाते हुए वह घर के पास पहुँचा। दरवाजे पर दस्तक देने की बात अभी सोच ही रहा था कि उसका

दरवाजा अपने आप खुल पड़ा। घर से आते हुए प्रकाश और चाँद की चाँदनी दोनों का प्रकाश पर्याप्त था, जिसमें उस घर से बाहर निकलनेवाले आदमी को वह पहचान सकता था।

जोगिया दुनिया का पिछला आदमी था जिसे यहाँ इस वक्त पाने की वह उम्मीद रखता था। इससे पहले कि जोगिया उसे पहचानता, उसने उसे धक्के देकर घर के भीतर कर दिया और खुद भी प्रवेश करते हुए दरवाजे को पीछे से बन्द कर लिया। अकबकाया हुआ जोगिया खड़ा रहा। चमेली ने सामने आकर हैरत से सोम की ओर देखा और पूछा, "यहाँ क्या करने आए हो?"

"आया तो तुम्हीं से मिलने था, पर खरगोश के शिकार में हिरण मिल गया।"

"क्या मतलब?"

"मेरा मतलब जोगिया से है!"

"मुझसे क्या काम है तुम्हें?" पीछे से जोगी ने कहा।

"बड़े मौके से मिले हो जोगी।"

"तुम एक बार पहले भी मुझसे उलझ चुके हो।"

दरवाजे को रोके हुए अपने दोनों पैरों को फैलाए सोम खड़ा रहा। उसके होंठों पर एक व्यंग्य-भरी मुस्कान आई और उसी के साथ उसने कहा, "इस बार तुमसे सुलझना है यार!"

"ये सब बातें मेरे घर से बाहर जाकर करो!" बीच ही में चमेली बोल उठी।

"तुम्हारे घर में पहली बार न्याय-धरम की बात होने जा रही है चमेली, इसे अपने घर का अहोभाग्य समझो! इस शुभ अवसर को क्यों चूकना चाहती हो!" ठाठ के साथ सोम ने कहा।

"आखिर बात क्या है?"

"मेरे ही मुँह से सुनना चाहती हो या जोगी महाशय के?"

"सोम, मैं तुम्हें कहे देता हूँ..."

अचानक ही उसके गाल पर उलटा थप्पड़ जमाते हुए सोम ने कड़ककर कहा, "कहना तुम्हें नहीं, मुझे है।"

"सोम, यह क्या कर रहे हो?" चमेली चिल्लाई।

"तुम पछताओगे...म...मैं कहे देता हूँ।" जोगिया ने हकलाते हुए कहा।

"पछताऊँगा? मैं? यह तुम बोल रहे हो या तुम्हारा खानदान?"

"सोम...मुझे...ज...जाने दो।"

"अपने प्रश्न का उत्तर लेने के बाद जोगी।"

"क्या पूछना चाहते हो?"

"बीस दिन पहले की बात!"

"कौन-सी बात?"

"तुम भूल गए होगे! स्वाभाविक है। उस दिन किसी अकेली लड़की को बेसहारा समझ उसकी मदद के लिए तुमने खिड़की के रास्ते उसके घर में प्रवेश किया था।"

"पागल तो नहीं हो गए?"

"नहीं!"

"न जाने कैसी बहकी हुई बातें कर रहे हो?"

"तुम नहीं थे?"

"म...मैं क्यों होने लगा?"

"तुम्हारे जानने में कोई दूसरा जोगिया है इस गाँव में?"

"मैं क्या जानूँ?"

"जो तुम नहीं जानते हो वह आज मैं तुम्हें बताकर रहूँगा।"

इतना कहते हुए सोम ने उसे एक लात और एक मुक्का मारा। अपने को गिरने से सँभालते हुए जोगिया दो कदम पीछे हट गया। चमेली जोर से चिल्ला उठी, "तुम दोनों बाहर जाकर क्यों नहीं झगड़ते।"

उसकी इस बात को अनसुनी करते हुए सोम ने जोगिया पर दूसरी लात चलाई। उससे बचते हुए वह मेज से जा टकराया। मेज की चीजें नीचे गिर पड़ीं। चमेली फिर चिल्लाई। झपटकर सोम ने जोगिया के दोनों कन्धों को अपने हाथों में जकड़ लिया और दाँत पीसते हुए कह उठा, "कमीने कहीं के। आज मैं तुम्हें यह सिखा दूँगा कि जिसे तुम बेसहारा समझते हो, उसका भी कोई अपना होता है और यह भी समझ लो कि न तो मैं तुम्हारे पैसे से डरता हूँ और न ही तुम्हारे बड़े परिवार से।"

इतना कहकर सोम ने जोगिया को जोर से धकेला। जोगिया कुर्सी से टकराकर पीठ के बल जा गिरा। उसके पास तक पहुँचते हुए सोम चिल्ला पड़ा, "तुम्हारा खून करके रहूँगा।"

चमेली चीख उठी। सोम के आगे पहुँचकर उसे जोगिया तक पहुँचने से रोकते हुए उसने याचना-भरे स्वर में कहा, "नहीं सोम! ऐसा न करो! मेरे घर के भीतर ऐसा न करो...मैं तुमसे प्रार्थना करती हूँ...।"

उसे हटाकर सोम ने नीचे से जोगिया को उठाया और एक हाथ से उसे अलगाकर दूसरे हाथ का मुक्का उसकी कनपटी पर रसीद कर दिया। गिरते हुए जोगिया के हाथ में एक कुर्सी आ गई। उसे उठाए उसने सोम पर आक्रमण किया। सोम इस अकस्मात् आक्रमण के लिए बिलकुल तैयार नहीं था, इसलिए कुर्सी उसके कन्धे पर पड़ी और उसने आपे से बाहर होकर एक सीधी लात जोगिया के पेट में दे मारी और दूसरी मारने ही वाला था कि चमेली उससे लिपट गई, "सोम! जाने दो सोम!"

वह उसे अपनी पूरी ताकत के साथ पकड़े रही। जोगिया अपने दोनों हाथों से पेट थामे धीरे-धीरे उठा। तभी चमेली फिर से चिल्ला उठी, "क्या देखते हो जोगी, भाग जाओ...भाग जाओ, वरना यह तुम्हें मार डालेगा!"

उसके बन्धन से सोम के छूटते-छूटते जोगिया दरवाजे तक पहुँच गया था। दरवाजा खोलते हुए उसने कराहते स्वर में कहा, "तुम्हें देख लूँगा।"

एक अजीब स्फूर्ति के साथ चमेली की जकड़ से छूटकर सोम दरवाजे तक पहुँच ही गया और इसके पहले कि जोगिया बाहर निकलकर दरवाजा बन्द कर देता, उसने जोगिया की कमीज पीछे से पकड़ ली और उसे खींचकर दीवार से दे मारा।

"क्या देख लोगे?"

और एक ही लगे उसने उसे दो-तीन लात और दो-तीन मुक्के जमा दिए। चमेली उससे दोबारा लिपट गई और दोबारा जोगिया से बोली, "भागते क्यों नहीं? जल्दी करो, भाग जाओ...भागो जोगी वरना...।"

"चमेली, मुझे छोड़ दो!" दहाड़ते हुए सोम ने अपने शरीर को उससे छुड़ाने की कोशिश की।

अपने माथे से बहते खून को पोंछते हुए जोगिया उठा और इस बार घर से बाहर होने में सफल हो गया। चमेली की बाँहों से छूटकर सोम दरवाजे तक पहुँचा, पर जोगिया तब तक जान-प्राण लिये दूर निकल चुका था। लम्बी साँसें लेते हुए सोम घर के बीच में पहुँचा जहाँ सहमी खड़ी हुई चमेली एकटक उसकी ओर देख रही थी।

''चमेली, तुमने जोगिया को मेरे हाथों से जाने दिया।''

''ऐसा नहीं करती तो तुम उसकी जान ले बैठते!''

''और यही मैं चाहता था। खैर, उससे फिर कभी निबट लूँगा। यह दूसरी बार रही, तीसरी बार वह मुझे अच्छी तरह समझ जाएगा। अब तुमसे एक बात पूछनी है, चमेली!''

''मुझसे?''

''हाँ तुमसे!''

''मुझसे क्या पूछना है?''

''एक छोटी-सी बात!'' हाँफते हुए सोम ने कहा।

''पर तुम दोनों के झगड़े में मैं क्या जानूँ?''

''यह हम दोनों के झगड़े की बात नहीं है।''

''तो फिर और कौन-सी बात है?''

''जानती हो, मैं यहाँ क्यों आया हूँ?''

''मैं क्या जानूँगी?''

''खैरियत है कि तुमने कम-से-कम यह तो नहीं सोचा कि मैं उसी मकसद से आया हूँ जिससे लोग आते रहते हैं।'' थकान के बीच व्यंग्य-भरी मुस्कान लाते हुए सोम ने कहा।

''तो फिर कहते क्यों नहीं कि क्या बात है?''

सामने की उलटी हुई कुर्सी ठीक करके उस पर बैठते हुए सोम ने धीरे-से कहा, ''तुम्हें देखकर तो यह नहीं कहा जा सकता चमेली कि तुम्हारे चक्कर में आ जानेवाले सभी मूर्ख हैं! खैर! तुम अच्छी तरह देख रही हो कि मैं पहले ही आपे से बाहर हूँ, इसलिए तुम्हारी ओर से मैं इसे बुद्धिमानी समझूँगा अगर तुम मुझे अपने प्रश्न को दोहराने का मौका न दो!''

चमेली चुपचाप सोम की ओर देखती रही। उसकी आँखों में दीये के प्रकाश के साथ भय की कालिमा भी थी। उसका वह भय मिटने से पहले ही सोम ने कहा, "तुम्हारे यहाँ जगलाल का आना-जाना होता है। और भी लोगों का आना-जाना होता है पर मुझे उन बातों से कोई सरोकार नहीं। मैं केवल जगलाल की बात कर रहा हूँ। इससे पहले कि तुम मुझसे यह कहो कि वह अपनी खुशी से यहाँ आता-जाता है और कुछ छोड़ भी जाता है तो अपनी ही खुशी से, मैं तुमसे इतना कहना चाहूँगा कि आज से उस व्यक्ति के लिए तुम्हारा यह काला दरवाजा बन्द हो जाना चाहिए।"

"क्यों?" उसी सहमी हुई आवाज में चमेली ने हिम्मत की।

"तुम्हारे इस 'क्यों' का उत्तर देना मैं जरूरी तो नहीं समझता, फिर भी कहे देता हूँ—इसलिए कि उस व्यक्ति को अपनी कोई जिम्मेदारी निभानी है।" कुछ थमकर उसने आगे अपने शब्दों पर अधिक जोर देते हुए कहा, "अगर तुम इसे इनकार करने की ताकत रखती हो तो याद रखना मैं भी इतनी शक्ति अवश्य रखता हूँ कि तुम अपने इस घर के भीतर ही रहोगी और तुम्हारे घर के इस काले दरवाजे में बाहर से लोहे का ताला होगा।...यह मत कहना कि तुम मेरा मतलब नहीं समझ पा रही हो।"

कोई पन्द्रह मिनट बाद चमेली के घर से बाहर निकलते समय सोम के अपने कपड़ों में चमेली के कपड़ों की हल्की-सी गन्ध आ गई थी। उसे इस बात का पूरा यकीन हो चला था कि जगलाल यहाँ दोबारा नहीं आ सकेगा। माहौल की ठंड को सन्तोष की गरम साँसों से पिघलाते हुए वह घर को लौट रहा था, और आकाश का चाँद उसके साथ दौड़ता-सा प्रतीत हो रहा था।

दस

ईख की कटनी पराकाष्ठा पर थी।

कल हीरा का खेत पूरे यौवन पर था। एक ही लगे तीन तरह की सब्जियों के पहले फल डालियों पर झूमने लगे थे। कल शाम वह खुश था, बेहद खुशी थी उसके भीतर। अपनी अँगुलियों पर ही उसने सारा कुछ गिन लिया था। उसे अपने सभी सपने साकार होते-से प्रतीत होने लगे थे। पौधों के नन्हे फलों के चमकते भागों में वह आनेवाले अच्छे दिनों को देख रहा था। वह भविष्य जो सामने झिलमिलाता दिखाई पड़ रहा था, उसके अतीत से बहुत अधिक मनमोहक था। कर्ज को हल्का करके वह राहत की साँस लेगा। विमला अपनी पढ़ाई जारी रख सकेगी। घर का छाजन बदले जाने की भी उम्मीद बँध गई थी। कल शाम रामदत्त गोसाईं भी हीरा के खेत में गाँजे का दम ले रहा था। उसने भी तो यही कहा था कि अब हीरा के लिए अच्छे दिन आनेवाले हैं। हीरा ने मन-ही-मन कहा था—आनेवाले नहीं, आ गए! वह तो अभी से उन आनेवाले दिनों को देखने लगा है। कल शाम उसका जी खेत छोड़ने को नहीं कर रहा था, न जाने क्यों!

सुबह खेत जाने से पहले न जाने क्या सोचकर वह पुराने कागज-पत्तर देखने लगा था। उनमें उसे अपने बाप और दादा के समय के बहुत-से कागज दिखाई पड़ गए थे। उन तमाम फटे-पुराने कागजों के बीच एक ऐसा कागज भी था जिसके एक कोने में उसके दादा का चित्र था, बड़ी पगड़ी और लम्बी

मूँछों के साथ। हीरा काफी छोटा था तभी से उसका बाप उसे यह चित्र दिखाते हुए कहा करता था कि कुछ लोगों के बहकावे में पड़कर दादा सीतापुर में अपना सभी कुछ छोड़कर मॉरीशस आ गया था। वहाँ उसकी कोई पचास बीघा जमीन थी। एक बार यहाँ पहुँच जाने पर वहाँ की सभी चीजें वहीं रह गईं और वह यहाँ बैल की तरह काम करता रहा। अभाव, दुःख और दारुण यंत्रणाएँ सहकर यहाँ वह केवल एक बित्ता जमीन अपने नाम कर पाया था। हीरा का बाप सभी कुछ सुनाने के बाद यह भी कहता कि प्राण चाहे तो चला जाए पर जमीन का यह टुकड़ा कभी न जाने पाए। अपने बाप की इस बात को याद करके हीरा काँप उठा। इस जमीन को गिरवी रखकर उसने खेत का प्रबन्ध किया था। लेकिन जब उसे अपने हरे-भरे खेत की याद आई तो अपने भीतर की शंका को झटका देकर उसने हटा दिया। उसे विश्वास था कि अपने दादा की निशानी इस जमीन को वह कभी डूबने नहीं देगा। अपने खेत के बल पर बहुत जल्द ही वह इस गिरवी को तोड़कर रहेगा और तब जिएगा शान्ति की लम्बी साँस लेता हुआ।

कल शाम अपने खेत की सुन्दरता देखकर वह सचमुच ही मुग्ध हो गया था। दो सप्ताह पहले उसे जो भारी निराशा हुई थी वह बरसात से धुल गई थी। पौधों पर उसकी आशाओं के फल थे। भविष्य के बारे में सोचते हुए अतीत की याद आ जाना भी उसके लिए स्वाभाविक था। कल्पना के सहारे उसने अपने दादा को खेतों में पसीने की बूँदें बोते देखा। उसके दादा को मेहनत के फल सँजोना आया था, पर हीरा के बाप को नहीं आया था। वह अपने बाप के इस गुण से वंचित था। उसने कमाया बहुत, गँवाया भी बहुत, अन्यथा आज हीरा को खेत के लिए जमीन गिरवी नहीं रखनी पड़ती। इस बात का हीरा को बहुत अधिक गम नहीं था। उसे इस बात की खुशी कैसे नहीं हो सकती थी कि उसका बाप रहमदिल था। अपनी आँखों उसने उसे अपनी चीजें लुटाते देखा था। हीरा की माँ जब अपने पति को ऐसा करने से रोकती तो वह हँसकर कहता, ''चीजें हैं तभी तो लोगों को दे रहा हूँ, नहीं होतीं तो फिर देता क्या?''

''देने की भी हद होती है।''

''अभी हद हुई कहाँ?''

सचमुच उसके अन्तिम दिनों में भी इस बात की हद नहीं हुई थी। तभी तो अपनी मृत्यु से तीन दिन पहले अपने अच्छे कपड़े रामदत्त गोसाईं को भेंट-स्वरूप देते हुए उसने कहा था, ''अपने को तो ये अब काम नहीं आएँगे, शायद तुम्हें आ सकें।''

उस समय हीरा को ऐसा नहीं लगा था कि उसका बाप शुरू से आज तक गँवाता आया है। वह जानता था कि उसके बाप के वे कपड़े उसके भी काम आ सकते थे, फिर भी उसे इस बात का जरा भी दुख न था कि वे कपड़े उसे न मिलकर किसी और को मिले थे। उसके बाप ने अपने जीवन-काल में बहुतों की सहायता की थी। बहुत लोग उसके आभारी थे। यही कारण था कि गाँव में आज भी बहुत-से लोग इस परिवार को इतने आदर के साथ देखते थे।

वह होली का एक रँगीला दिन था जब भाँग के नशे में हीरा के बाप ने, जिसे नशे में कुछ बड़ी-बड़ी बातें करने की आदत थी, कहा था : 'दुनिया की सारी खुशी देने में है बेटा।'

हीरा सोचता है कि देने के लिए बहुत अधिक शक्ति की आवश्यकता होती है। उसके बाप के पास यह शक्ति थी, तभी तो उसका जीवन देते ही बीता। हीरा भी देकर खुश होता, पर उसके अपने पास था ही क्या जो वह लोगों को दे सकता। इस बात पर विचार करते रहने के बाद उसने तय किया था कि औरों के लिए न सही, अपने भाई-बहन के लिए तो कुछ-न-कुछ करना ही है। और फिर वह बड़ा जो ठहरा! उसमें सोम को भी अपनी शक्ति-भर पढ़ाने का इरादा था, पर सोम ने खेतों में जीवन बिताने के अपने हठ से उसके इस इरादे को साकार न होने दिया। इससे हीरा हताश नहीं था। आज भी उसके हृदय में यह विचार छिपा हुआ था कि सोम और विमला दोनों के लिए कुछ करने के बाद ही वह अपने लिए कुछ करेगा।

रसोईघर में पहुँचकर उसने सोम, विमला और करुणा तीनों को किसी विषय पर बहस करते पाया। भीतर पहुँचते हुए उसने कहा, ''बाहर से कोई सुने तो समझेगा कि तुम झगड़ रहे हो!''

''विमला सबसे अधिक चिल्ला रही है।'' सोम ने कहा।

''बात क्या है?'' हीरा ने पूछा।

"कॉलिज की ओर से पिकनिक का आयोजन हुआ है। सोम भैया का कहना है कि मैं उसमें भाग न लूँ।"

"जाना कहाँ है?"

"जगह अभी तय नहीं हुई है।"

"क्यों मना करते हो इसे?" सोम की ओर देखते हुए हीरा ने पूछा।

"लड़के-लड़कियाँ एक साथ जाएँगे।"

"तो क्या हुआ? तुम जा सकती हो विम्मू। खर्च क्या होगा?"

"केवल पाँच रुपया।"

विमला ने इस ढंग से कहा गोया पाँच रुपया नहीं, पाँच सेंट कह रही हो! तब तक करुणा चाय-भरी कटोरी हीरा के हाथ में थमा चुकी थी। ऊपर से परांठा देती हुई वह बोली, "चाय ही से खाएँगे या तरकारी लेंगे?"

"चाय ही से खा लूँगा।"

"तो फिर थोड़ी चाय और दूँ?"

"नहीं, काफी है।"

चाय पीने के बाद हीरा ने सोम से कहा, "अगले सप्ताह से बैंगन तोड़ने होंगे।"

सोम ने सिर हिलाकर हामी भरी।

"जानते हो इस समय बाजार में उसका भाव क्या है?"

"मँगरू कह रहा था, रुपया किलो।"

"और मैं कहता हूँ, अगले सप्ताह तक यह डेढ़ रुपये किलो पर जाएगा।"

"इसीलिए तो मैं कह रहा था कि अब हमें खेत की रखवाली शुरू कर देनी चाहिए।"

"तुम्हारे अकेले से यह कैसे होगा?" सोचते हुए हीरा ने सवाल किया।

"यूसुफ और राधन को साथ ले लूँगा।"

"वे मानें तब तो।"

"वे तो तैयार बैठे हैं।"

"तब तो ठीक रहा। वैसे मेरा मन भी उन फलों के बीच रात बिताने को ललच रहा है।"

''तो फिर यहाँ इन दोनों की रखवाली कौन करेगा?'' कनखी से अपनी बहन और करुणा की ओर देखते हुए सोम बोल उठा।

''सोचता हूँ, आज ही रात से तुम लोगों को काम में लग जाना चाहिए।''

''एक सर्चलाइट की आवश्यकता पड़ेगी।''

''दुकान से ले लेना।''

''कल रास्ते में सुखराम सिंह से भेंट हुई थी।''

''पैसे की बात तो नहीं करता था?''

''नहीं। कह रहा था, इस बार खेत ने हमारी तकदीर बना दी। यहाँ तक कहा कि काट-पीटकर हजार से ज्यादा ही मुनाफा होगा।''

''उसके मुँह में घी-शक्कर!''

''भैया, याद है न, तुमने मुझे वचन दिया है!'' बीच में विमला बोल उठी।

''कैसा वचन?''

''बैंगन के पहले पैसे से...''

''तुम्हारे लिए सोने की दो चूड़ियाँ खरीदने की बात! यही न?''

''तुमने वचन दिया है।''

''मैं यह थोड़े ही कह रहा हूँ कि मैंने वचन नहीं दिया।''

''तो फिर भूल तो नहीं जाओगे न!''

''नहीं विम्मू!''

''यह भी याद है न उस दिन चाचा सुखराम सिंह के हाथ में जिस तरह की मैंने बताई थी।''

''बस माँगे भीख पूछ गाँव के जमा।'' विमला के वाक्य के समाप्त होने से पहले ही सोम ने कहा।

''क्या कहा?'' विमला ने पूछा।

''नहीं सुना?''

''ठीक से नहीं सुना।''

''ठीक से नहीं सुना तो ले फिर सुन ले। मैं यह कह रहा था कि अगर यह माँग मुझसे की होती तो कल ही खरीदकर ला देता।'' सोम बोला।

''रहने दो।''

''क्यों, मेरे ऊपर विश्वास नहीं?''

''तुम और विश्वास?''

''पर मैं भी तो तुम्हारा भाई ठहरा!''

''सोने की जगह चाँदी की ला दोगे!''

इस पर सभी हँस पड़े। सोम ने देखा करुणा भी हँस रही थी। हँसी थमने के बाद करुणा की ओर देखते हुए सोम ने पूछा, ''और तुम्हें क्या चाहिए करुणा?''

करुणा के चेहरे पर उस हँसी की जो छाप बाकी रह गई थी वह इस प्रश्न से एकाएक ओझल हो गई। उसे चुप देखकर इस बार हीरा ने प्रश्न किया, ''हाँ करुणा, तुम्हें क्या चाहिए?''

करुणा सिर झुकाए खड़ी रही। विमला ने उसे झकझोरते हुए कहा, ''कहती क्यों नहीं?''

''मुझे कुछ नहीं चाहिए।''

''कुछ न कुछ तो अवश्य चाहिए। कहो तो सही, क्या चीज चाहती हो?''

''मिलेगी?'' उसने बिना सिर उठाए धीरे-से पूछा।

''जरूर मिलेगी।''

हीरा के इस दिलासे पर करुणा की माँग सुनने के लिए सोम भी उत्सुकता के साथ उसकी ओर एकटक देखता रहा। यही उत्सुकता विमला में भी थी। करुणा के होंठ धीरे-से हिले और तीनों ने सुना, ''इस घर में अब तक जो कुछ मिलता आया है वही चाहिए!''

''क्या मिला है तुम्हें?''

''बहुत कुछ! और अगर अधिक की इच्छा रखती हूँ तो वह होगी...''

''रुक क्यों गई?''

''आप तीनों के होंठों पर हमेशा की मुस्कान!''

सोम को आश्चर्य हुआ यह सोचकर कि क्या यह वही करुणा थी जिसे सभी पगली कहते थे और जो चुप्पी साधे रहती थी।

नए पत्तों से घने गुलमोहर के पेड़ों से होते हुए दोनों भाई खेत की ओर बढ़े जा

रहे थे। रास्ते के दोनों ओर के इन पेड़ों में सिंदूरी फूल आने में अभी कोई ढाई-तीन महीने बाकी थे। फिर तो रास्ता मखमली लाल गलीचे से ढँपा होगा। पर्यटकों के लिए तब यह रास्ता स्वर्ग ले जानेवाला होगा, जबकि दोनों भाइयों के लिए यह रास्ता अभी ही स्वर्ग का रास्ता था। सोम की न जाने क्या भावना होगी पर हीरा के लिए तो यह स्वर्ग को पहुँचानेवाला रास्ता था। उसके लिए तो खेत ही उसका स्वर्ग था। उसका मन खेत में जितना लगता है उतना घर पर नहीं लगता। यही कारण था कि वह तड़के ही खेत पर पहुँच जाता और सूरज डूबने के बाद घर लौटता। पर इधर कुछ दिनों से उसकी इस परिपाटी में एक हल्का परिवर्तन आ गया था। उसे अपना घर भी पहले से अधिक अच्छा लगने लगा था।

अभी कल ही की तो बात है। उसके खेत के हरे-भरे पौधे उसे यह कहते प्रतीत हुए थे कि हीरा से उनका बहुत गहरा लगाव था। और यह भी तो कल ही की बात है कि घर पर बातों के दौरान करुणा भी कह उठी थी, ''आप अपना सारा समय खेत में बिता देते हैं।''

''क्योंकि जीवन का सहारा तो वही है।''

हीरा ने सोचा था कि उसके इस उत्तर से करुणा निरुत्तर हो जाएगी पर बात ऐसी नहीं हुई थी क्योंकि अभी हीरा का वाक्य समाप्त भी नहीं हुआ था कि करुणा बोल पड़ी थी, ''आपको इतना अधिक काम नहीं करना चाहिए।''

''बहुत अधिक करता हूँ? मुझे तो ऐसा नहीं लगता और फिर घर पर रहना... ।''

''आपको अच्छा नहीं लगता?''

''अच्छा लगने की बात नहीं।''

''तो फिर... ?''

हीरा को कभी भी विश्वास नहीं था कि करुणा उसे निरुत्तर कर सकती है।

गुलमोहर के पेड़ोंवाले रास्ते को छोड़कर वे पतले रास्ते पर आ गए थे जिसके दोनों ओर ईख के खेत कटनी के लिए तैयार थे। ईख के पत्ते रास्ते में कुछ इस कदर झुक आए थे कि चलते हुए उन्हें हटा-हटाकर चलना पड़ता था। अगर वर्ष सूखारी का न होता तो इस रास्ते से चलना भी कठिन होता। हीरा को

याद है, पिछले वर्ष दोनों तरफ ईख रास्ते में इस तरह झुक आई थी कि रास्ता दीखता ही नहीं था। औरतें डर से इस रास्ते में कभी चलती ही नहीं थीं। इसी रास्ते में जोगिया के भाई ने चुरामन की औरत के साथ धड़पकड़ की थी। जुबेदा के शरीर से सभी गहने इसी रास्ते में उतार लिये गए थे। चोरों के मुँह पर फिल्मी ढंग की नकाब थी जिसके कारण आज तक चोरों का पता न लगा। अलबत्ता गाँव में कुछ दिनों के लिए यह अफवाह थी कि पुलिस को अपना हक मिल गया था इसलिए चोर पकड़े नहीं जा सके थे। जितने मुँह उतनी बातें होती थीं।

ईखों के बीच से जानेवाले रास्ते को छोड़कर दोनों भाई नदी को जानेवाले रास्ते पर आ गए थे। उनका खेत दिखाई पड़ने लगा था। दोनों ने एक साथ देखा। सामने से मँगरू दौड़ता हुआ चला आ रहा था। दोनों के पास पहुँचते ही हाँफते हुए वह कह उठा, ''तुम्हारी तबाही हो गई हीरा!''

क्षण-भर के लिए दोनों अवाक् उसे देखते रहे। दोनों कुछ समझ पाते कि तभी मँगरू ने आगे कहा, ''तुम्हारे खेत को उजाड़ दिया गया है।''

''क्या कह रहे हो?'' हीरा ने प्रश्न किया।

''तुम्हारे खेत से बैंगन के सभी पौधों को उखाड़ दिया गया है।''

हीरा को अपने कानों पर विश्वास नहीं हो पा रहा था। वह किंकर्तव्यविमूढ़-सा खड़ा रहा और सोम पागल की तरह खेत की ओर दौड़ पड़ा।

ग्यारह

हीरा का खेत सपाट, नंगा और सूखा था।

आसपास के सभी खेतिहर हीरा के उजड़े हुए खेत को देखने पहुँच गए थे। सभी हाय-हाय कर रहे थे। हीरा एक हूक के साथ जमीन पर बैठा तो फिर उसका उठना दुश्वार हो चला। कुछ क्षण पहले वह बच्चों की तरह रो रहा था। उसके आँसुओं की छाप अब भी उसके साँवले गालों पर स्पष्ट थी। सभी लोग अपने-अपने ढंग से उसे मना रहे थे। दुरपद ने डरते-डरते कह ही दिया था कि यह काम जोगिया और उसके भाई का है। उसने अपनी आँखों से तो नहीं देखा था पर उसके पड़ोस के एक लड़के ने, जो कि खेतों में खरगोश का शिकार कर रहा था, अपनी आँखों से सभी कुछ देखा था। पर जोगिया-परिवार के डर से यह बात वह सभी के सामने कहने को तैयार नहीं था। दुरपद से तो उसने यहाँ तक कहा था कि वह दोनों भाइयों को मशीन की तरह बैंगन के सभी पौधों को उखाड़ते देखना चाहता था कि अपने हाथ की लाठी लिये वह उन पर टूट पड़े पर परिणाम के डर से वह ऐसा नहीं कर सका था।

हीरा के लिए उसका वह सुन्दर खेत मर गया था। उसकी अपनी माँ और अपने बाप की मृत्यु पर भी उसे इस तरह दुख नहीं हुआ था। यह उसके अपने जीवन का सबसे बड़ा और दर्दनाक हादसा था। लोग कहे जा रहे थे, 'उन हाथों को लकवा क्यों नहीं मार गया?'

'क्या मिला उन्हें एक गरीब को बर्बाद करके?'

'बेचारे हीरा की कमर टूट गई।'

सभी ने एक स्वर से कहा कि चीजों की हद होती है। उन बेरहमों पर इस गरीब का कलपना पड़कर ही रहेगा। हीरा न तो लोगों को देख पा रहा था और न उनकी आवाज ही सुन पा रहा था। उसकी आँखों के सामने का अँधेरा गहन था। कल उसका यह खेत हरा-भरा था, आज काला दीख रहा था। कल पौधों के फलों पर उसने भविष्य के चित्र देखे थे, आज बर्बादी की तस्वीर देख रहा था। उसके भाग्य की जीत हुई थी और परिश्रम की हार। केवल मिर्च के कुछ पौधे थे जो अब भी दूर-दूर पर खड़े दिखाई पड़ रहे थे।

कोई घंटे-भर बाद हीरा को होश आया और चारों ओर देखते हुए वह चिल्ला पड़ा, ''सोम कहाँ है?''

लोगों ने चारों ओर देखा। सोम वहाँ नहीं था। हीरा अपने एक पैर को पकड़े दूसरे पर शरीर का सभी बोझ रखकर खड़ा हो गया। उसकी नजर यूसुफ पर पड़ी, ''यूसुफ, उसे रोक लो!''

हीरा की बात को समझकर यूसुफ राधन के साथ गाँव की ओर दौड़ पड़ा। रामदत्त गोसाईं अपनी गाड़ी को रास्ते में छोड़कर खेत में आ गया और जोर-जोर से जोगिया को गाली देने लगा। मँगरू मुरझाए पौधों को उठाकर देखता रहा। महीनों तक खून-पसीना एक करके पैदा किए हुए फलों को उजाड़ दिया गया था। अन्त में सभी लोगों ने हीरा से यही कहा कि पुलिस में आख्या दी जाए।

''चीजें तो चली गईं, अब पुलिस में रपट करने से क्या लाभ?'' हीरा ने भर्राए स्वर में कहा।

''उन कमीनों को यों ही छोड़ने की सोच रहे हो?''

''उन्हें न छोड़ने पर भी तो अपना कुछ लौटनेवाला नहीं।'' हीरा की आवाज से पीड़ा और करुणा एक साथ टपक रही थी। उसकी हालत एक बीमार बच्चे की तरह थी।

''आज तुम्हारे साथ यह हुआ है, कल दूसरों के साथ होगा!''

''आप लोग बैर बढ़ाने की बात कर रहे हैं।''

''इतने बुजदिल न बनो हीरा!'' मँगरू ने कुछ जोर से कहा।

''मँगरू भैया! मेरा सभी कुछ लुट गया...।''

अपना वाक्य समाप्त करने से पहले वह बेहोश होकर गिर पड़ा। मँगरू के साथ दो और व्यक्तियों ने मिलकर उसे जल्दी से उठाया। उसके आपस में सटे हुए दाँतों को खोलने का प्रयास करते हुए मँगरू ने कहा, ''पानी! जल्दी से!''

आकाश पर बादल उमड़ आए थे। प्रकृति के इस व्यंग्य को न देखने के लिए ही हीरा ने आँखें मूँद ली थी। किसी ने कहा कि भगवान मरे हुए घोड़े को पानी पिलाना चाह रहा है। काली बदली को देखकर खेतिहरों के मन में नया उल्लास जाग उठा था पर हीरा के लिए उन सभी के भीतर तरस भरा भाव था। यहाँ कोई भी ऐसा किसान या मजदूर नहीं था जिससे हीरा की दुश्मनी हो। लोगों को इस बात की हैरत थी कि हीरा जैसे व्यक्ति के साथ ऐसा करने का कारण क्या था।

सोम को तूफान की तरह घर में प्रवेश करते देख करुणा अचानक डर गई। उसके चेहरे से स्पष्ट था कि वह अपने आप में नहीं था। उसकी आँखें लाल थीं। उसकी चढ़ी हुई भौंहों को देखकर करुणा कुछ पूछने की हिम्मत नहीं कर पा रही थी। जरूर कोई अनर्थ हुआ है, इस बात को समझकर भी वह चुप थी। इस घर में सोम को बात-बात पर नाराज होते उसने कई बार देखा था पर आज जैसी स्थिति में वह उसे पहली बार ही देख रही थी। किनारेवाले कमरे में पहुँचकर सोम ने चारपाई का बिस्तर उलटा और उसके नीचे से उस तलवार को खींच निकाला जो केवल कालीमाई की पूजा में बाहर निकलती थी। इसके चमकदार भाग में सिन्दूर के टीके अब भी चमक रहे थे। उसे लेकर जैसे ही उसने घर से बाहर निकलना चाहा कि करुणा उससे लिपट गई, ''कहाँ जा रहे हो इसे लेकर?'' वह चीख उठी।

''करुणा!''...झकझोरकर सोम ने उसे एक ओर ढकेल दिया। करुणा ने तुरन्त अपने को सँभाला और दोबारा सोम से लिपट गई।

''हुआ क्या है?'' डरे और रुआँसे स्वर में उसने पूछा।

''मुझे छोड़ दो!''

''पहले बताओ हुआ क्या है?''

इतने में यूसुफ और राधन दोनों भीतर आ गए। यूसुफ ने लपककर उसके दोनों हाथों को पकड़ा और राधन किसी तरह उसके हाथ से तलवार लेकर रहा। दोनों ने मिलकर उसे चारपाई पर बिठाया और उसको घेरे खड़े रहे। सोम का शरीर काँप रहा था। उसके कन्धे पर हाथ रखते हुए राधन ने कहा, ''जो कुछ तुम करना चाहते हो उससे उजड़ा हुआ खेत तो फिर से हरा-भरा नहीं हो जाएगा।''

''जरा दिमाग से काम लो!'' यूसुफ बोला।

''तुम मेरे मित्र हो या दुश्मन?'' सोम के स्वर में कम्पन था।

''तुम्हें क्या लगते हैं?''

''मित्र होकर दुश्मन की तरह क्यों पेश आ रहे हो?''

''हम दुश्मन की तरह पेश आ रहे हैं?''

''मेरे दुश्मन को बचाने की तुम्हारी इस कोशिश को क्या कहूँ!''

''पागलपन पर मत उतरो सोम!''

''मैं कहता हूँ मुझे रोकने का तुम्हें कोई हक नहीं!''

क्षण-भर चुप रहकर यूसुफ ने कुछ बदले हुए स्वर में पूछा, ''बदला ही लेना है न तुम्हें?''

''इस बार मैं उसके दो टुकड़े करके ही दम लूँगा।''

''कानून तुम्हें यह दम लेने दे तब तो!''

चारपाई पर बिछी चादर को झटककर नीचे फेंकते हुए सोम दोनों के बीच खड़ा हो गया। उसके चेहरे के अजीब भाव को देखकर राधन ने उसे बैठाने की कोशिश करते हुए कहा, ''बैठो तो सही, तुमसे जरूरी बात करनी है।''

''मैंने कह दिया कि तुम दोनों मुझे नहीं रोक सकते।'' यह आवाज सोम के दाँतों से टकराती हुई बाहर आई।

''और मैंने भी यह कह दिया है कि तुम यहाँ से नहीं निकल सकते।'' यूसुफ ने भी अपने स्वर को ऊँचा करते हुए कहा।

सोम ने चाहा कि अपने दोनों मित्रों को सामने से ढकेलकर वह वहाँ से निकल जाए। उसने कोशिश भी की पर दोनों से पार पाना उसके लिए उतना सहज नहीं था जितना कि उसने सोचा था।

कोई पन्द्रह मिनट बाद मँगरू दो अन्य व्यक्तियों के साथ हीरा को लिये आ गए। हीरा की बेहोशी टूट चुकी थी, फिर भी वह मुद्दतों का बीमार-सा प्रतीत हो रहा था। मँगरू ने सहारा देकर उसे सोम की बगल में बिठा दिया। अपने भाई की हालत देखकर सोम के भीतर का तूफान और भी जोर पकड़ चुका था। दोनों भाइयों के चेहरे के भाव भिन्न थे। हीरा के चेहरे पर सदमे का भाव था और निराशा का गहरापन था जबकि सोम के चेहरे पर प्रतिशोध का लाल रंग था। आँखें जल रही थीं।

उस दिन दिन-भर राधन और यूसुफ दोनों भाइयों के पास बैठे रहे। अँधेरा छा जाने पर यूसुफ ने राधन से कहा, ''मुझे घर पर जरूरी काम है, मैं जा रहा हूँ पर तुम्हें यहीं रहना होगा।''

''तुम चिन्ता न करो, मैं यहीं रहूँगा।''

घर पर चूल्हा नहीं जला। किसी को भूख-प्यास होती तब तो! मँगरू को जब यह बात मालूम हुई तो वह दौड़ा हुआ अपने घर गया और एक छोटी-सी देगची में कुछ गरम दूध लिये वापस आया। जिस समय कटोरे में दूध लिये करुणा हीरा के सामने पहुँची उस समय हीरा की आँखों में आँसू छलक रहे थे। ऐसा प्रतीत हो रहा था जैसे घर में मृत्यु हो गई हो और लोग मातमपुरसी कर रहे हों। करुणा की ओर देखते हुए हीरा ने कहा, ''मैं नहीं पिऊँगा करुण!''

''थोड़ा-सा पी लीजिए!''

''कंठ बन्द है, यह नीचे नहीं उतर सकेगा।''

''तुम्हें यह दूध पीना ही होगा।'' मँगरू ने कहा।

राधन ने भी इस अनुरोध को दोहराया और तब विमला विह्वल स्वर में बोली, ''पी लो भैया!''

विमला के इस अनुरोध को हीरा से टाला नहीं गया। करुणा के हाथ से कटोरा लेकर उसने किसी तरह दो घूँट दूध गले के नीचे उतारा और कटोरा लौटा दिया। हीरा के लिए उस दूध में न दूध का स्वाद था न पानी का, न वह गरम था और न ही ठंडा! विमला की ओर देखते हुए उसने कहा, ''विम्मू! तुम्हें सोने की चूड़ियाँ चाहिए थीं न?''

विमला अपने कंठ के नीचे कोई मोटी-सी चीज रोके हुए थी।

"कहाँ से लाऊँगा अब विम्मू?"

हीरा के इस वाक्य ने सभी को शब्दहीन बना दिया था। राधन कुछ बोलना चाह कर भी बोल न सका। मँगरू ने भी चाहा था, कहे कि खेत उजाड़कर कोई तुम्हारे हाथ-पैर थोड़े ही ले गया पर कह न सका। हीरा का बाप जीवित होता तो उसने अब तक अवश्य ही यह कह दिया होता कि जान है तो जहान है।

हीरा को तो आज अपनी ही बातें खोखली-सी प्रतीत हो रही थीं। वह तो बात-बात पर लोगों से कहता था कि जब तक साँस बाकी है तब तक आस भी बाकी रहनी चाहिए। लेकिन आज वह खुद नहीं समझ पा रहा था कि उसकी आस खो गई थी या साँस। नींद के लिए भी इस घर का दरवाजा आज बन्द था।

नींद किसी की आँखों में नहीं थी।

हीरा सोच रहा था कि जीवन गुजारने के लिए अब कौन-सा उपाय बाकी था। वह अँधेरे में भी रास्ता तलाश रहा था, जबकि सोम इन सब बातों को बिना कोई महत्त्व दिए केवल यही सोच रहा था कि वह कब जोगिया को अपने सामने पा सके! उसकी रगों में दुःख से अधिक क्रोध की उष्णता दौड़ रही थी।

मँगरू के चले जाने पर जब राधन को भी यह विश्वास हो चला कि अब सोम कुछ शान्त दिखाई दे रहा है तो वह भी जाने के लिए उठ खड़ा हुआ। हीरा ने उसे रोकते हुए कहा, "आज रात यहीं सो जाओ!"

"माँ राह देख रही होगी।"

"उसे तो मालूम होगा कि तुम हमारे यहाँ हो!"

"वह जानती है।"

"फिर भी कह क्यों नहीं आते। उसे मालूम हो जाएगा कि तुम हमारे यहाँ सो गए हो।"

"जैसी तुम्हारी मर्जी!" यह कहते हुए राधन अपनी जगह पर दोबारा बैठ गया। करुणा हीरा की ओर देख रही थी और हीरा शून्य को भेद रहा था।

तीन दिन बाद हीरा अपने खेत पर पहुँचा। उखड़े हुए पौधे सूखे पड़े थे। वह खेत उसे अपने उस खेत जैसा नहीं लग रहा था जहाँ उसने गिन-गिनकर पसीने की बूँदें बहाई थीं। उसे ऐसा लग रहा था कि रास्ता भूलकर वह श्मशान में पहुँच

गया है। चारों ओर के खेत हरे-भरे थे, केवल हीरा का ही खेत था जो मातम-सा मना रहा था। हीरा अकेला शरीफे के पेड़ के नीचे बैठा हुआ था। पन्द्रह मिनट पहले खेत में काफी लोग थे। पुलिस इंस्पेक्टर को आते देख पड़ोस के सभी खेतिहर वहाँ पहुँच गए थे। इंस्पेक्टर के प्रश्नों से हीरा को ऐसा लगा था कि चोर कोतवाल को डाँटने लगा था। इंस्पेक्टर का पहला प्रश्न था, "केवल दो आदमियों द्वारा इतना बड़ा खेत कैसे उजाड़ दिया गया!"

"यह काम दो घंटों में भी किया जा सकता है।" हीरा ने धीरे-से कहा था।

"कभी किया है ऐसा काम?"

"नहीं।"

"तो फिर आपको मालूम कैसे हुआ?"

"इंस्पेक्टर साहब, यह बात जानने के लिए हमें पहाड़ पर चढ़ने की आवश्यकता नहीं। इन्हें रोपने में महीना लग सकता है पर उखाड़ फेंकने के लिए दो घंटे बहुत हैं।"

"आप अब भी यही कहते हैं कि यह काम जोगिया लछुमन और उसके भाई का है?"

"हाँ।"

"क्या प्रमाण है आपके पास?" इंस्पेक्टर ने डाँटते हुए पूछा था।

"प्रमाण कैसा?"

"आपने उसे यह सब कुछ करते अपनी आँखों से देखा था?"

"मैंने तो नहीं देखा था पर...।"

"जो बात आपने देखी नहीं उसे आप अदालत मैं कैसे कहेंगे?"

राधन, जो कि सामने पत्थर पर बैठा सभी कुछ सुन रहा था, अपनी जगह से उठकर सामने आ गया और इंस्पेक्टर की ओर देखते हुए उसने पूछा, "इंस्पेक्टर साहब, आपको कुछ मिल तो नहीं गया है?"

"तुम कौन हो बीच में बोलनेवाले?"

"या मिलने की उम्मीद है?"

"तुम्हारा नाम क्या है?"

"यह बाद में जानिएगा, पहले आप यह बताइए कि आप यहाँ स्टेटमेंट लेने

आए हैं या देने? आप कहीं यह तो प्रमाणित करना नहीं चाह रहे हैं कि हीरा ही अपना खेत अपने हाथों उजाड़कर यह नाटक खेल रहा है?''

इंस्पेक्टर ने कुछ आगबबूला-सा होते हुए राधन की ओर देखा और सामने के लोगों की ओर नजर दौड़ाकर पूछा, ''कौन है यह लड़का?''

''इंस्पेक्टर साहब, आप यहाँ स्टेटमेंट लेने आए हैं, मेरा परिचय लेने नहीं।''

''चुप रहो राधन!'' हीरा बीच ही में कह उठता है।

''इंस्पेक्टर साहब, मैं यह नहीं जानता कि पुलिस अफसर के साथ इस तरह बात करनेवाले व्यक्ति के साथ कौन-सी कार्रवाई की जाती है। अगर यह जुर्म है और इसकी कोई सजा भी है तो मैं नहीं जानता पर जो बात मैं भली-भाँति जानता हूँ वह यह है कि इस मामले को किसी-न-किसी तरह अदालत तक पहुँचना है। मैं सोचता हूँ कि गाँव के किसी भी आदमी को यह विश्वास नहीं होगा कि यह मामला कमजोर है और अदालत तक पहुँचते-पहुँचते रास्ते ही में दम तोड़ देगा।''

इतना कहकर राधन वहाँ से टल गया था। इंस्पेक्टर के चेहरे की ओर देखते हुए हीरा को ऐसा महसूस हुआ था कि राधन सचमुच ही उत्तेजित होकर मामले को कमजोर कर गया था इसलिए गिड़गिड़ाहट के साथ उसने इंस्पेक्टर से कहा था, ''बच्चा है, उसकी बातों पर ध्यान न दीजिएगा!''

''आज शाम को आप थाने पहुँचिएगा।'' इतना कहकर इंस्पेक्टर अपनी मोटर की ओर चल पड़ा था।

बारह

इस घर में यह उदासी कहीं मेरी लाई हुई तो नहीं? करुणा अपने आपसे पूछती आ रही थी। शुरू में, चन्द दिनों की खुशियों से उसने इस घर को छल लिया था। यह सोच-सोचकर वह अपने को क्षमा नहीं कर पा रही थी कि जो कुछ हुआ, सब उसी के लिए। इस घर की आत्मशान्ति, आमोद और भविष्य के ऊपर उसने अपनी उदासी की मोटी चादर फैला दी थी। सूप के चावलों के बीच अपनी अँगुलियों को दौड़ाती हुई वह हीरा के बारे में सोच रही थी। इस घर में हीरा ही था जिसके लिए उसके भीतर अगाध दया थी। वह जानती थी कि इस समय बगल के कमरे में बैठा हुआ वह घोर चिन्ता में डूबा होगा। करुणा का मन करता था कि वह उसके सामने पहुँचकर यह कहते हुए माफी माँगे कि इन सभी अनर्थों का कारण वही ठहरी।

सबसे अधिक दुख करुणा को इस बात का था कि जब से खेत की तबाही हुई है तब से हीरा न मन से खाता है न पीता है। हर बार करुणा और विमला दोनों मिलकर उसे खाने को विवश करती हैं। करुणा के बार-बार कहते रहने पर आज भी उसने केवल आधी रोटी खाई थी। इन बातों से करुणा की अपनी भूख भी मारी जाती थी। आज उसका जी कुछ भी खाने को नहीं कर रहा था। सूप को मेज पर रखते हुए साहस बटोरकर वह दूसरे कमरे में पहुँची, जहाँ सचमुच ही गाल पर हाथ रखे हीरा बैठा हुआ था। करुणा को देखकर उसने गाल से हाथ हटाकर कहा, ''मैं तुम्हें बुलाने ही वाला था कि तुम आ गईं।''

"कोई काम है?"

"तुमसे कुछ बातें करनी हैं।"

अपनी अँगुली को ठोड़ी पर रखे वह करुणा को देखता रहा। करुणा खड़ी रही। अपनी कुर्सी पर ठीक से बैठते हुए हीरा ने कहा, "बैठो करुण!"

करुणा ने इस अनुरोध का आदेश की तरह पालन किया। कुछ क्षण दोनों के बीच खामोशी रही। सिर्फ बाहर खेलते हुए बच्चों की कुछ आवाजें भीतर आ रही थीं। अपने अँगूठे को दाँतों से दबाये हीरा करुणा को एकटक देखता रहा।

"करुण!"

करुणा ने सिर उठाकर उसकी ओर देखा, पर हीरा ने बात पूरी करने में अपने को असमर्थ पाया और फिर पल-भर की खामोशी रही। बाहर बच्चों का कोलाहल अधिक ऊँचा होता जा रहा था। हीरा ने करुणा पर से आँखें हटाकर सामने की दीवार पर सुभाष बाबू के चित्र की ओर देखते हुए पूछा, "भोजन कर लिया तुमने?"

"हाँ!" करुणा ने झूठ कहा।

"सोम अभी तक खाने नहीं आया?"

"नहीं।"

"तुम जानती हो करुणा, मुझे सबसे अधिक चिन्ता किस बात की है?"

"जानती हूँ।"

"जानती हो?"

"हाँ! विमला की पढ़ाई की।"

"तुम तो मेरे मन की बात जानती हो! सचमुच मुझे केवल इस बात का डर है कि कहीं उसकी पढ़ाई न रुक जाए। मैंने सोम और विम्मू दोनों को पढ़ाने का संकल्प लिया था पर सोम जब खुद ही पढ़ाई से ऊब गया तो मुझे बहुत निराशा हुई। किन्तु मैं कर ही क्या सकता था। लेकिन विम्मू की पढ़ाई भी अगर रुक गई तो इसका जिम्मेदार मैं अपने आपको मानूँगा।"

"भगवान ने चाहा तो उसकी पढ़ाई कभी नहीं रुकेगी।"

"रोना तो इसी बात का है करुण कि भगवान प्रायः वही चाहता है जो

हम नहीं चाहते और जो हम चाहते हैं उसका खयाल शायद उसे बहुत कम रहता है।''

करुणा सुबह-शाम रोज हीरा को पूजा करते पाती थी इसलिए भगवान को कोसते सुन उसने आँखें उठाकर उसकी ओर देखा। कुछ पूछना चाहा पर पूछ न पाई। उसे अपनी माँ की याद आ गई जो बात-बात पर भगवान को कोसने की आदी थी। एकाएक उसकी याद आ जाने पर उसका हृदय विह्वल हो उठा। उसे एक बार देखने की भारी इच्छा उसके मन में थी। सप्ताह ही तो हुआ है जब हीरा ने उससे कहा था कि जिस दिन उसके खेत के बैंगन पहली बार बाजार पहुँचेंगे उसी दिन वे एक साथ करुणा की माँ को देखने जाएँगे। पर अब तो वह उम्मीद भी जाती रही। माँ के खयाल में वह घुट ही रही थी कि उसने हीरा को कहते सुना, ''हमारे साथ-साथ तुम्हें भी दुख सहना पड़ रहा है न?''

''कैसा दुख?''

''तुम तो यही कहोगी। हमने तो तुम्हें यहाँ लाने की बात इसलिए की क्योंकि हम तुम्हारे एकाकीपन और दुख को बाँटना चाहते थे, पर सभी कुछ उलटा हो गया।''

''मैं तो सोचती हूँ...।''

''तुम क्या सोचती हो करुण?''

''जो कुछ हुआ है मेरे कारण। मेरी माँ हमेशा मुझे मनहूस कहा करती थी।'' अजीब भोलेपन के साथ करुणा ने कहा।

''नहीं करुण! इन बातों को होना था, हो गईं! इसके लिए अपने आपको कोसना ठीक नहीं।''

''अगर मैं यहाँ नहीं आती तो यह सब कुछ नहीं होता।''

''होनी होकर रहती है पगली, और फिर हमें दुखी क्यों होना चाहिए। इतना कुछ हो जाने पर भी खेत में मिर्च के जो पौधे बाकी हैं उनसे किसी तरह रसोईघर का प्रबन्ध हो ही जाएगा। मुझे तो आज भी इस बात का सन्तोष है कि यह सब कुछ हो जाने पर भी दूसरों के सामने हाथ फैलाने की नौबत नहीं आई। मुझे तो आज भी विश्वास है कि समय के साथ सभी कुछ ठीक हो जाएगा।'' एक तरह से अपने आपको सांत्वना देते हुए हीरा ने कहा।

करुणा को हीरा की बातें हमेशा से अच्छी लगती हैं पर आज की बातें उसे हमेशा से अधिक अच्छी लग रही थीं। मन-ही-मन वह सोच रही थी कि अगर हीरा घंटों इसी तरह बोलता रहे तो वह सभी कुछ भूलकर उसे सुनती रहेगी। सचमुच उस स्वर में एक मिठास, एक आकर्षण और एक आत्मीयता-सी थी, लेकिन हीरा के स्वर का सुरीलापन उस समय अपनी पराकाष्ठा पर था जब उसने कहा, "करुण! न जाने क्यों तुम मुझे बहुत अच्छी लगती हो।"

करुणा के मन का तार-तार इस वाक्य से झनझना उठा। उसने आगे सुना, "अगर मैं किसी परिस्थिति को झेलने की ताकत रखता हूँ तो वह केवल तुम्हारे कारण। अगर तुम यहाँ नहीं होतीं तो मैं इन सभी बातों से हताश होकर न जाने क्या से क्या कर बैठता। हाँ करुण! तुम्हें मेरी इस बात पर विश्वास करना होगा। मैं तो एक अपाहिज इनसान...।"

"आप ऐसा न कहें।" करुणा ने उसे बीच ही में टोकते हुए कहा।

"करुणा! मैं यह नहीं जानता कि आदमी जो कुछ महसूस करता है उसे कह सकता है या नहीं पर आज मैं उसे तुम्हारे सामने कहने की कोशिश अवश्य करना चाहता हूँ। फिर भी, पहले तुमसे एक अनुरोध कर लूँ। तुम मेरी बातों को चाहो तो सनक समझ लेना पर उनका बुरा न मानना।"

अपनी आँखों में असमंजस की आभा लिये करुणा ने हीरा को देखा। उसकी आँखों में देखकर हीरा ने जो पाया वह प्रोत्साहन था। उसी प्रोत्साहन का सहारा लेकर उसने हिचकिचाते स्वर में कहा, "करुणा, अगर इस अपाहिज व्यक्ति को कभी किसी सहारे की आवश्यकता हुई तो वह केवल तुम्हारा सहारा होगा।"

करुणा ने बोझिल पलकों को ऊपर उठाया, पर हीरा की आँखों की स्निग्धता के सामने उसे उन पलकों को तुरन्त झुका लेना पड़ा। उसे जिस बात के लिए अपने कानों पर विश्वास नहीं हुआ था उसी को उसने देखकर विश्वास करना चाहा। शायद यही कारण था कि उसकी पलकें अपने आप उठ गई थीं और अगर झुक गईं तो केवल इसलिए कि उसके सामनेवाली आँखों में उस सच्चाई की स्निग्धता थी।

"हाँ करुण, मैं खुद नहीं समझता कि मैं तुम्हें इतना अधिक...।"

तभी बाहर से सोम के पैरों की आवाज सुनाई पड़ी और हीरा के बाकी

शब्द भीतर ही रह गए। सोम अन्दर आया तो करुणा अपने स्थान से खड़ी हो गई। आते ही सोम ने कहा, ''भैया, मैं सुरेन के यहाँ से आ रहा हूँ।''

करुणा की छोड़ी हुई कुर्सी पर बैठते हुए उसने भाई की ओर देखा। उसके भाई के चेहरे और आँखों में एक नया रंग था। चाहे वह रंग धुँधला था फिर भी उसे देखते हुए सोम को ऐसा एहसास हुआ कि वह रंग एकदम नया था।

हीरा ने सोम की ओर देखते हुए ऐसा महसूस किया कि इधर कुछ दिनों में आज पहली बार वह खुश दिखाई पड़ रहा था। उसके मुँह से अभी-अभी उसने जो नाम सुना था वह उसके बारे में अच्छी तरह जानता था। सुरेन गाँव के युवा वर्ग का नेता था पर जिस बात को वह समझ नहीं पाया वह यह थी कि आखिर सुरेन के यहाँ से लौटने का मतलब क्या था। वह कुछ पूछता कि उससे पहले सोम ही कह बैठा, ''उसके आन्दोलनकर्ता कुछ युवक हमारी सहायता करना चाहते हैं।''

''हमारी सहायता?''

''हाँ भैया!''

''पर क्यों?''

''क्योंकि वे लोग जानते हैं कि हमारे साथ बहुत बड़ा अन्याय हुआ है।''

''पर हम तो किसी सहायता की आवश्यकता नहीं समझते!''

''यह समय झूठे और खोखले आदर्शों के सहारे जीने का नहीं है भैया!''

कुछ देर तक सोचते रहने के बाद हीरा कुछ कहने ही वाला था कि सोम की ओर देखती हुई करुणा कह उठी, ''चलो पहले खाना खा लो।''

करुणा की इस बात पर ध्यान दिए बिना दोनों भाई अपनी बातों में लगे रहे। सोम ने आगे कहा, ''हम किसी के सामने हाथ थोड़े ही पसार रहे हैं। जब लोग खुद हमारी मदद करना चाहते हैं तो फिर उनकी सहायता को अस्वीकार करने का मतलब यही निकाला जाएगा कि हम घमंडी हैं।'' पहली बार सोम अपने भाई को सीख देता-सा प्रतीत हो रहा था।

''किस तरह की सहायता है वह?''

''दो तरह की। एक तो उसके संघ के कुछ नौजवान हमारे खेत में दो-तीन दिन काम करना चाहते हैं और नए पौधों के साथ हमें खेत सौंपने की इच्छा

रखते हैं। दूसरी बात यह है कि युवा वर्ग के सदस्यों ने हमारे लिए कुछ चन्दा उगाहा है।''

''पहली सहायता शायद हम स्वीकार लें पर यह दूसरी सहायता हम नहीं चाहते।''

''आखिर क्यों?''

''इसका क्या जवाब दे सकूँगा तुम्हें! इसका उत्तर तो तुम्हारे पास खुद होना चाहिए।''

करुणा ने दोबारा आकर सोम से भात खाने की बात कही परन्तु सोम अपनी जगह पर बैठा रहा।

शाम को रसोईघर के कामों से निवृत्त होकर करुणा विमला के पास जा बैठी। विमला सिर-दर्द के साथ ज्यामिति के प्रश्नों को हल कर रही थी। करुणा के पास आने पर उसने अपने हाथ की कलम को मेज पर छोड़ दिया और बही बन्द करके करुणा की ओर देखा।

''तुम किस्मतवाली हो करुणा।''

''ऐसा क्यों कह रही हो?''

''कम-से-कम इस पढ़ाई की मुसीबत से तो बच पाई हो!''

''इसे तुम मुसीबत कहती हो!''

''सिर-दर्द समझो।''

''तो फिर मुझसे बार-बार यह क्यों कहती हो कि मैं तुम्हारे भैया से हिन्दी सीखूँ?''

''क्योंकि तुम्हें शौक है, जबकि मुझे शौक नहीं है।''

''तो इसका मतलब है कि शौक होने पर पढ़ाई सिर-दर्द नहीं होती! तो फिर पगली, तुम भी अपने अन्दर शौक पैदा क्यों नहीं करतीं।''

''कमाल है!''

''क्या कमाल है?''

''आजकल तुम बड़ी-बड़ी बातें करने लगी हो!''

''तुम्हारे सम्पर्क में जो रहती हूँ।''

''इस घर में सबसे सही बात तुमने आज ही कही है।''

''तुम मेरे लिए एक काम क्यों नहीं करतीं विम्मू?''

''कौन-सा काम?''

''आखिर तुम अपने भैया से यह क्यों नहीं कह देतीं कि वह मुझे कुछ हिन्दी पढ़ना सिखा दें।''

''तुम्हें कहते शर्म आती है!''

''तुम्हारा कहना वह जल्दी मान जाएँगे।''

''काम पूरा हो जाने पर क्या दोगी?''

''तुम्हें एक वचन दूँगी।''

''वचन? कैसा वचन?''

''वह बात मैं कभी तुम्हारे भैया से नहीं कहूँगी।''

''कौन-सी बात?''

''पड़ोस के उस लड़के को देखकर जो तुम हँस लिया करती हो!''

''वाह! तुम्हारी यह जुबान जितनी ही जकड़ी हुई थी अब उतनी ही तेजी के साथ चलने लगी है।'' यह कहते हुए विमला ने करुणा की कमर पर इतनी जोर की चिकोटी ली कि वह चीख उठी।

दोनों एक साथ हीरा के पास पहुँचीं। उसके सामने पहुँच जाने पर करुणा ने अनुभव किया कि इस नाजुक परिस्थिति में हीरा से पढ़ने की उम्मीद रखना शायद उतना ठीक न हो। उसने इशारे से विमला को कुछ कहने से रोक लिया। अपने को एक सुख से वंचित रखने का उसे दुख था पर किसी की चिन्ता के बीच उसकी जिम्मेदारी को बढ़ाना भी तो उसे गवारा नहीं। और फिर हीरा को वह इस घर में सबसे अधिक महत्त्व देकर सबसे अधिक चिन्तित भी नहीं देखना चाहती। हीरा की चिन्ता को न बँटा पाने की अपनी विवशता पर उसे बहुत अधिक दुख था पर वह कर ही क्या सकती थी। वह हीरा से पढ़ना चाहती है यह बात सही थी पर इससे भी ज्यादा सही बात यह थी कि वह उसके सामने देर तक बैठकर कम हिचकिचाहट से उससे बातें कर सके। और बातें करने से भी अधिक वह उसकी बातें सुनने के लिए अधीर थी।

हीरा के पास से लौट आने पर विमला ने करुणा से प्रश्न किया, ''क्या बात है, तुमने बात क्यों नहीं कहने दी?''

''तुमने देखा नहीं वह चिन्ता में थे।''

''पर यह बात चिन्ता बढ़ानेवाली थोड़े ही थी।''

''तुम्हारा मतलब है कि तुम्हारे भैया को इस बात से खुशी होगी?''

''भला खुशी क्यों नहीं होगी!''

''उसके मन की बात तुम कैसे जानती हो?''

''तुम किसी की बहन होतीं तो जानतीं!''

विमला ने यह बिलकुल नहीं सोचा था कि उसके इस वाक्य से करुणा एकाएक उदास हो जाएगी। अपने आप पर खीजते हुए उसने मन-ही-मन कहा—मुझे ऐसा नहीं कहना चाहिए था। उसने विवेक से काम लिया और झट इधर-उधर की बातें करके वह बात भुला डाली और करुणा को गुदगुदी करके उसे हँसने को विवश कर दिया।

रात को बिस्तर पर करवट लेती हुई करुणा खयालों में खोई रही। उसके मस्तिष्क में एक कहानी बनती और टूटती जा रही थी। बहुत-से अक्षरों को वह एक सूत्र में गूँथना चाह रही थी पर चूँकि उसके सामने दो धागे थे इसलिए वह अक्षरों को एक वाक्य में नहीं पिरो पा रही थी। दया और प्यार के अलग-अलग धागों से उसने दो अलग-अलग वाक्य बनाए और वे दोनों वाक्य उसके दिलो-दिमाग में बिजली की तरह कौंधते रहे।

कौंधते रहे वे वाक्य जब तक उसे नींद न आ गई।

तेरह

किसी चीज के गिरने की आवाज सुनकर उसने आँखें खोली। हवा का एक आवारा झोंका भीतर आकर हल्की चीजों को अस्त-व्यस्त कर गया था। विमला की माँ की एक बहुत पुरानी साड़ी का टुकड़ा खिड़की में परदे की तरह झूल रहा था। करुणा को कुछ आश्चर्य-सा हुआ। उसे खुद मालूम नहीं कि चारपाई पर लेटे हुए नींद कैसे आ गई थी। दोपहरी में उसे पहले कभी नींद नहीं आई थी। वह हमेशा सुनती आई है कि दिन में लड़कियों के लिए सोना ठीक नहीं समझा जाता। हवा का वह झोंका जो न जाने कहाँ से आया था, तख्ते पर रखी एक-दो चीजों को नीचे गिराकर एक दूसरे रास्ते बाहर चला गया था। खिड़की के परदे का झूलना भी बन्द हो गया था। पहली बार उसे अपने में एक शिथिलता-सी महसूस हो रही थी। ऐसा तो काम भी ज्यादा नहीं किया था उसने। अपने अंग-अंग की शिथिलता को महसूसते हुए उसने फिर से आँखें बन्द कर लीं। ऐसा उसने जानबूझकर नहीं किया बल्कि आँखें अपने आप बन्द हो गईं और फिर पीठ के बजाय वह पेट के बल लेट गई। कल और आज में उसके साथ बहुत सारी बातें की गई थीं। विमला, हीरा और सोम तीनों ने अलग-अलग ढंग से अलग-अलग बातें की थीं और तब से अब तक करुणा उन तमाम बातों पर सोचती आ रही थी। एक क्षण वह अपने को अजीब दुविधा में पाती और दूसरे ही क्षण निर्णय कर बैठती।

इस समय तकिए से कान लगाए वह अपने हृदय की धड़कनें सुन रही थी

जो उसके अपने लिए भी अस्पष्ट थीं। हवा का एक और झोंका भीतर आ गया। इस वक्त हवा के इस तरह इठलाते हुए भीतर आ जाने का कारण वह समझ नहीं पा रही थी। मौसम गरमी का नहीं था, फिर भी उसे गरमी महसूस हो रही थी, वह इसका कारण भी समझने में असमर्थ थी। और फिर बात यह थी कि आज सचमुच ही वह कुछ भी नहीं समझ पा रही थी। यहाँ तक कि नटखट हवा की भाषा भी उससे समझी नहीं जा रही थी। उसमें आमंत्रण था बाहर पहुँचकर उसके साथ खेलने का। अपने खयालों को लगाम देना चाहकर भी वह उन्हें रोक नहीं पा रही थी। वे भीड़ के लोगों की तरह एक-दूसरे को ठेलते हुए चले आ रहे थे।

खिड़की के पास पहुँचकर क्षितिज तक फैले खेतों को वह देखती रही। उसके दिमाग का वह पिछला खयाल था जिसने उसे अपने स्थान से उठने को विवश कर दिया था। खेत सजाए हुए-से लग रहे थे, जबकि करुणा के अपने विचार अस्त-व्यस्त थे। वह एक कमरे से दूसरे कमरे में पहुँची, फिर तीसरे कमरे में और अन्त में लौट आई उसी पहले कमरे में। वह पहली बार इस घर में अकेली नहीं थी पर तन्हाई पहली बार उसे दबोचती-सी लग रही थी। कल रात वह हीरा और सोम के साथ इसी कमरे में थी। दोनों भाइयों के बीच काफी देर तक एक ही विषय पर बातें होती रह गई थीं। उस समय विमला भी उसकी बगल में थी। वह भी करुणा की तरह मौन साधे अपने दोनों भाइयों को सुन रही थी। सोम हर हालत में यही चाह रहा था कि मामले को अदालत में पहुँचाकर एक अच्छे वकील की मदद ली जाए और हीरा चाहता था कि सभी कुछ यहीं समाप्त हो जाए। काफी लम्बी बहस के बाद करुणा और विमला से उनकी राय पूछी गई थी। दोनों लड़कियों ने कुछ देर तक एक-दूसरे को देखा था और फिर एक स्वर में दोनों ने यही कहा था कि उन बेरहमों को सजा मिलनी ही चाहिए। इस पर हीरा ने करुणा से प्रश्न किया था, "क्या सजा जरूरी है?"

"वे अपराधी जो ठहरे!"

"मेरा मतलब है कि उनको सजा मिलने से हमें क्या मिल जाएगा?"

करुणा से कोई उत्तर न बनते देख सोम ने बीच ही में कहा था, "इतना दिलासा तो हमें मिल जाएगा कि आगे से इस तरह के अनर्थ नहीं होंगे।"

विमला और करुणा भी सोम के पक्ष में थीं। वे भी यही चाहती थीं कि खेत उजाड़नेवालों को सख्त-से-सख्त सजा मिले पर बहुत देर बातचीत करने के बाद जब दोनों को एक ही साथ यह मालूम हुआ कि ऐसा करने में काफी पैसों की आवश्यकता थी तो दोनों ने चुप रह जाना बेहतर समझा।

इस समय करुणा बहुत सारी बातों के साथ हीरा की उदारता के बारे में सोच रही थी। यह समझना उसके लिए आसान नहीं था कि उसकी इस उदारता का कारण सचमुच ही उसके भीतर की दया-भावना थी या पैसों का अभाव!

कल ही रात को दियासलाई की खोज में वह दोबारा इस कमरे में आई थी। उस समय हीरा अकेला सामने की चारपाई पर सो रहा था। खिड़की बन्द थी और चिराग मिट्टी के तेल की आखिरी बूँदों के सहारे जल रहा था। बाहर हेमन्त की हवा थी पर चिराग की लौ उससे न काँपकर तेल के अभाव से काँप रही थी। हीरा गहरी नींद में था। उसका शरीर एक अधफटी चादर और सन के बोरे से ढका हुआ था। सिर खुला होने के कारण उसके पतले होंठों के बीच की हल्की मुस्कान स्पष्ट थी। गहरी नींद के बीच उस मुस्कान में एक निर्मल मासूमियत थी जो करुणा को बहुत ही अच्छी लगती थी। हीरा के चेहरे पर एक ऐसी कशिश थी जिसे वह देखते रह जाना चाह रही थी। उस समय उसने महसूस किया था कि वह उसके भीतर की दया ही थी जिससे विवश होकर वह जोगिया के विरुद्ध केस नहीं करना चाहता था। विमला के कमरे में लौटकर, जो कि इधर उसका अपना कमरा भी हो चला था, वह हीरा के बारे में सोचती ही रह गई थी। उसे काफी देर तक जागते पाकर विमला को हैरानी हुई थी और वह पूछ बैठी थी, "नींद नहीं आ रही है क्या?"

"नहीं।"

"क्यों?"

इस 'क्यों' पर उसने आँखें उठाकर विमला की ओर देखा था और सोने का बहाना करती हुई चारपाई पर जा लेटी थी। विमला गहरी नींद में खर्राटे लेने लगी थी, लेकिन वह अपने ही खयालों में डूबी की डूबी रह गई थी। अपने ही हृदय की भावनाओं को वह समझ नहीं पा रही थी। उसे अपने मन में असम्भव की कामना धड़कती-सी लग रही थी।

घंटे-भर पहले की बात को वह सपना समझकर भूल जाना चाहती थी पर बात उतनी साधारण नहीं थी कि उसे इतनी जल्दी भुलाया जा सकता। सोम की बहुत सारी बातों को वह हमेशा से सुनती आ रही थी। पहले-पहल वह उसकी बातों को केवल सुनती रहती थी। उन बातों के उत्तर उससे कभी नहीं बन पड़ते थे लेकिन इधर कुछ दिनों से वह उसकी हर बात का उत्तर देती आ रही थी। अभी एक घंटे पहले सोम उसके सामने था। उसने बहुत-सी बातें तो नहीं की थी, फिर भी जो दो-चार बातें की थी वे अजीब-सी थीं। करुणा के लिए वे अजीब थीं। वह उन बातों में से एक भी नहीं समझ पाई थी। काफी देर तक तो उसे ऐसा प्रतीत होता रह गया कि वह आवाज सोम की न होकर किसी और की थी। सोम ने अपनी बातों के बाद अपने एक प्रश्न का उत्तर माँगा था और करुणा निरुत्तर थी। सोम उत्तर की प्रतीक्षा में बैठा रह गया था और अन्त में ऊबकर वहाँ से चल पड़ा था।

सोम के जाने के बाद वह उसी तरह प्रस्तर-प्रतिमा बनी उसकी उन बातों पर सोचती रह गई थी। तब से अब तक बहुत-सी इधर-उधर की बातों को सोच-सोचकर वह सोम की बात को भुला देना चाहती थी पर अपने इस प्रयास में वह उसकी याद को और भी ताजा कर जाती थी। अब इस कमरे से उस कमरे तक आती-जाती वह अपने आपसे केवल एक ही प्रश्न करती जा रही थी—उसने ऐसा क्यों कहा? क्यों कहा?? क्यों कहा??? पर उसे इस अपने ही प्रश्न का कोई उत्तर नहीं मिल रहा था।

सोम दोनों मित्रों की ओर एकटक देखता रहा। उसने उन दोनों के सामने जो प्रश्न रखा था उसका उत्तर मिलने में देर हो रही थी। चारों ओर ईख की कटाई हो जाने से ईख के सूखे पत्तों का पीलापन दूर तक फैला था। कटनी के समय का वह कोलाहल भी अब न था। जो थी वह खलती हुई खामोशी थी। चारों ओर श्मशान का सा सन्नाटा था। सब्जियों के खेत यहाँ से कुछ दूर थे। इधर की सभी रमणीयता इस समय उधर ही होगी। अपने दोनों साथियों को भी चुप्पी साधे देख सोम ने दोबारा प्रश्न करना चाहा पर तभी राधन कह उठा, ''यूसुफ ही कुछ कह सकता है।''

"मैं क्या कहूँ?"

"जब तुम दोनों कुछ भी कहने को तैयार नहीं हो तो मैं कहे देता हूँ जो कुछ कहना है।"

सोम के इस परिवर्तित स्वर को सुनकर दोनों मित्रों ने एक साथ उसकी ओर देखा।

"मैं केस लड़कर रहूँगा।"

"बिना वकील के?"

"वकील के साथ।"

"पाँच सौ से कम में कोई भी वकील इस पेचीदा मामले को लेने के लिए तैयार नहीं होगा।"

पाँच सौ की बात सुनकर सोम चुप रहा। वह सोचने लगा था कि कहीं ऐसा न हो कि उसका अपना छोटा-सा परिवार पाँच पैसों का मुहताज हो जाए। चुपचाप सोचते रहने के बाद उसने धीरे से कहा, "अजीब दुनिया है यह जहाँ न्याय भी बिकता है।"

"कम-से-कम तुम्हें तो इस बात पर आश्चर्य नहीं करना चाहिए क्योंकि तुम तो हमेशा पैसे को भगवान मानते आए हो।" राधन बोला।

"अब तो तुम दोनों भी मान गए होगे।"

दोनों की बारी थी चुप रह जाने की। सोम अपने स्थान से उठकर चहलकदमी करने लगा। जोगिया को सजा न दिलाने का मतलब होगा उसके भीतर एक बहुत भारी अशान्ति। वह उसके जीवन की सबसे बड़ी हार होगी। इतनी जल्दी अपनी हार मान लेना उसे गवारा नहीं था। कल आवेश में आकर उसने अपने भाई से कह ही दिया था, "तुम देवता ठहरे, मैं देवता नहीं हूँ। अगर तुम क्षमा को अपना धर्म समझते हो तो मैं न्याय को।"

इस समय वह उस न्याय की बात को भूलकर कुछ और ही सोचने लगा था। न्याय का दाम बहुत ही महँगा था। वह उसकी अपनी हैसियत से बाहर की बात थी। पर तभी चहलकदमी करते हुए उसके दिमाग में एक पुरानी बात नया रूप लेकर आ गई। एक दीर्घ नि:श्वास के साथ अपने निर्णय को बाँधते हुए उसने पहले तो अपने आपसे कहा, फिर अपने स्थान को लौटते हुए अपने

दोनों साथियों से कहा, "न्याय होकर रहेगा।"

"बिन पैसे के?"

"हाँ, बिना पैसे के।"

"तुम्हारा मतलब है बिना वकील के तुम केस लड़ोगे?" यूसुफ ने सवाल किया।

"वकील की आवश्यकता नहीं पड़ेगी।"

"तुम सोचते हो बिना वकील तुम मामले को अदालत में ले जा सकोगे?"

"वह अदालत न सही।"

"मतलब?"

"मैं अपनी अदालत में इसका इंसाफ करूँगा।"

"तुम्हारी अदालत?"

"हाँ, मेरी अदालत!" अपने शब्दों पर जोर देते हुए सोम ने कहा।

राधन और यूसुफ असमंजस में पड़े एक-दूसरे को देखते रहे। उनकी ओर देखे बिना ही सोम ने अपने दोनों हाथों को आगे बढ़ाते हुए कहा, "ये हैं मेरे वकील! अपने इन हाथों से मैं न्याय करके रहूँगा!" उसके स्वर में उत्तेजना थी।

राधन और यूसुफ की समझ में बात आ गई थी क्योंकि सोम की आँखों में भी उसकी बातों का मतलब साफ चमक रहा था। यह चमक उस दिन की चमक से भिन्न थी जिस दिन उसके हाथ से तलवार छीनी गई थी। उस चमक में आक्रोश और प्रतिशोध की सम्मिश्रित आभाएँ थीं जबकि इस बार की चमक में स्थिरता का तेज था।

कोई आध घंटे बाद अपने दोनों दोस्तों को छोड़ते हुए सोम अपने खेत की ओर चल पड़ा। ईख के कटे हुए सुनसान खेतों से गुजरकर वह अपने खेत के सामने पहुँचा। उसका भाई भोजन के बाद शरीफे के पेड़ के नीचे दम ले रहा था। सोम के पास आ जाने पर वह अपने घुटने को थामे खड़ा हो गया। हीरा के चेहरे पर अब वह पुरानी रौनक नहीं थी। उसके शरीर में वह स्फूर्ति भी अब नहीं थी, फिर भी हताश बैठ जाना उससे कभी सम्भव नहीं हुआ। इस खेत में जब कुछ भी करने को नहीं था उस समय भी वह कुछ न कुछ करता ही रहता था। इस समय तो उसके उसी उजड़े खेत में नई आशा के पौधे बोये जा चुके थे।

उस उजड़ी हुई आशा के सामने यह आशा बहुत ही निर्बल थी। पर चूँकि हीरा के लिए यह भी आशा ही थी, इसलिए वह आज भी इस खेत में सक्रिय दीखता था। जहाँ कुछ नहीं, वहाँ कुछ की आशा लिये हीरा अपनी निराशा की शिथिलता को तोड़ता आ रहा था। और कुछ नहीं तो अपने परिवार की रोटी निकाल लेने की उम्मीद थी उसे इस खेत के नए पौधों से। इन नए पौधों के धानी रंग को देखकर उसे कई बार रुलाई आ जाती थी। आज अगर उसके बैंगन के वे पौधे होते तो वह उनसे बैंगन न तोड़कर सोना तोड़ता। ऐसा सोचते हुए उसे अपने पूर्वजों की कहानी याद आ जाती। एक तरह से उन्हें भी तो इसी तरह का धोखा हुआ था। वे भारत छोड़कर यहाँ इसलिए पहुँचे थे कि यहाँ के पत्थरों के नीचे से वे सोना निकाल पाते पर वह उनके भाग्य का करारा व्यंग्य था। आज हीरा भी अपने को उसी व्यंग्य का शिकार समझ रहा था और अगर अपने को सान्त्वना भी दे पा रहा था तो उन्हीं पुरानी बातों को सोचकर।

कभी सोचता था कि अपने अपाहिज शरीर के बल पर वह अकेला अपने पूरे परिवार की आवश्यकताओं को पूरा कर सकेगा। पर अब तो ऐसा लगता है कि अगर सोम ने हाथ न बँटाया तो वह अपने लिए भी कुछ प्रबन्ध न कर पाएगा। उसकी अँगुलियों में जो जादू था वह भी पौधों के साथ चुरा लिया गया था। पौधों को सँवारते रहने की उसकी वह आदत भी जाती रही।

सोम के सामने आ जाने पर वह काम में लग गया। कल शाम ही की तो बात है। मँगरू और रामदत्त गोसाईं उसे बाजार का भाव बता रहे थे। यह सुनकर उसने अपने हृदय में बरछी की एक चोट-सी अनुभव की थी कि बैंगन का दाम दस आने से बारह आने पाउंड तक है। उस समय वह सोचने लगा था कि हमारा सब कुछ मिट्टी में मिला देनेवाले को भी अगर यह लाभ हो जाता तो उसे आत्मसन्तोष मिल गया होता।

करुणा ने जब देखा कि मुर्गियाँ किसी भी तरह द्वार छोड़ना नहीं चाह रही हैं तो खूँटी से लटकती पुरानी टोकरी से मकई के कुछ दाने लेकर उसने आँगन में बिखेर दिए। सातों मुर्गियाँ एक साथ उन दोनों पर टूट पड़ीं। बरामदे में खम्भे के

सहारे खड़ी कुछ क्षण तक वह मुर्गियों को दाना चुगते देखती रही और फिर टोकरी लिये कमरे के भीतर चली गई। दूसरे कमरे से विम्मू ने उसे आवाज दी। टोकरी को खूँटी पर लटकाकर वह किनारेवाले कमरे में पहुँची जहाँ विमला बैठी थी। उसे देखते ही विमला बोल उठी, ''करुणा, तुम आजकल फिर गूँगी बनती जा रही हो!''

''मुर्गियों को दाने दे रही थी।''

''इसका यह मतलब थोड़े ही हुआ कि तुम्हें मेरी आवाज नहीं सुनाई पड़ी।''

''तुम्हारी आवाज भी तो मुर्गियों की तरह ठहरी, इसलिए...।''

''तुमने अपनी आवाज भी कभी सुनी है?''

''कैसी है?''

''मुर्गियों से भी गई-गुजरी। भैया न जाने कब से तुम्हें पढ़ने को बुला रहा है।'' विमला बोली।

''आज तो पढ़ने को जी नहीं कर रहा है।''

''कमाल है! अभी सप्ताह भी न हुआ और तुम्हारी पढ़ाई पूरी हो गई!''

''मैंने पूरी होने की बात थोड़े ही की है। मैंने तो यह कहा कि आज पढ़ने को जी नहीं कर रहा है।''

''इस तरह न बना करो करुणा रानी! बही उठाओ और चलो भैया के कमरे में।''

हँसती हुई करुणा ने सामने की मेज से बही उठाई और बगलवाले कमरे में जा पहुँची, जहाँ सचमुच ही हीरा उसकी प्रतीक्षा कर रहा था। बिना कुछ बोले करुणा उसके सामने की कुर्सी पर बैठ गई। हीरा उसे देखता रहा। आँखों को नीचे झुकाए हुए भी करुणा को मालूम था कि हीरा उसे एकटक देख रहा है। इसलिए आँखें उठाना उसे और भी दुश्वार लग रहा था।

''सचमुच आज तुम्हारा पढ़ने को जी नहीं चाह रहा?''

करुणा ने आँखें उठाकर हीरा की ओर देखा। उसे यह नहीं मालूम था कि हीरा ने उसकी बातें सुन ली थीं। उस बात से इनकार करना चाहकर भी वह चुप रही। हीरा ने खुद आगे कहा, ''तुम्हारी तबीयत तो ठीक है?''

उसने सिर हिलाकर हामी भरी।

तभी बाहर से किसी के पुकारने की आवाज सुनकर हीरा अपनी जगह से उठा और बाहर पहुँचा। वह राधन था जो हीरा को देखते ही घबराया और हाँफता हुआ बरामदे तक आ गया था। मुश्किल से, लड़खड़ाए स्वर में उसने एक ही बार में कह डाला, "गजब हो गया हीरा भैया! सोम ने जोगिया के सिर पर पत्थर पटक दिया। पुलिस उसे पकड़ ले गई!"

विमला और करुणा ने भी यह बात सुनी और तीनों पर एक ही साथ पहाड़ आ टूटा। इससे आगे भी राधन बहुत कुछ कहता रहा पर तीनों के कान आगे सुनने के लिए जैसे बन्द थे। हीरा अपने को गिरने से बचाने के लिए सामने के खम्भे को थामे खड़ा रहा।

चौदह

हीरा को पहली बार आभास हुआ कि वह अपाहिज है। अपने खेतों के बर्बाद हो जाने पर भी उसमें जो हिम्मत बाकी थी वह भी जाती रही। सोम को पुलिस की हिरासत से निकालने के लिए उसने वह सभी कुछ किया जो सम्भव था। सभा के प्रधान और मंत्रियों से मिला। सुखराम सिंह के बड़े बेटे के सामने याचनाएँ की, यह जानकर कि राजनीतिक नेताओं और मंत्रियों के यहाँ उसका स्वच्छंदता से आना-जाना होता है। पर जोगिया-परिवार से डरकर कोई भी जमानत के लिए तैयार न हुआ। मुँह पर सभी सोम की निर्दोषता प्रमाणित करते पर जब उनसे गवाही की माँग की जाती तो सभी नकार जाते। हीरा ने सपने में भी यह नहीं सोचा था कि उसके इर्द-गिर्द के लोग इतने बुजदिल हो सकते हैं। पर नहीं, वह उन्हें बुजदिल नहीं मानता। वे परिस्थिति से विवश थे। ऐसा सोच लेने से उसका दुख कुछ कम हो जाता था। हीरा को सोम की बातों पर विश्वास था। उस समय उसकी आँखों में आँसू थे जब कठघरे के उस पार से उसने अपने भाई को सभी बातें बताई थी। हीरा को विश्वास हो गया था कि जोगिया उसके भाई के हाथों नहीं मरा था, क्योंकि सोम, चाहे कुछ भी क्यों न हुआ, हत्यारा नहीं था। इस बात की गवाही वह भगवान के सामने भी देने को तैयार था।

''मेरे ऊपर विश्वास करो भैया, मैंने जोगिया के प्राण नहीं लिये। मैं अपने को फाँसी से बचाने के लिए ऐसा नहीं कह रहा हूँ। मैं सच्चाई कह रहा हूँ ताकि

तुम मुझे खूनी न समझो और लोग हमारे परिवार से घृणा न करें।'' सोम की उस रुआँसी आवाज में सच्चाई थी।

हीरा के कानों में हर वक्त सोम की बातें झनझनाती रहतीं और उसकी अपनी आँखों के सामने वह दृश्य झिलमिलाने लग जाता। कानों से सोम के स्वर सुनते हुए आँखों के सामने वह उस दृश्य को भी देखने लग जाता।

ईख के कटे हुए खेत के बीच...कटहल का वही पेड़...बगल में बड़े-बड़े पत्थरों की ऊँची मेंड़ थी और सामने के खेत जोगिया-परिवार के थे। सोम को सामने से आते देख जोगिया भागने लगा था।...सोम ने उसका पीछा किया। ठीक मेंड़ के सामने जोगिया सोम की पकड़ में आ गया। सोम ने उस पर लात और घूँसों के प्रहार किए। पर किसी तरह वह सोम की बाँहों से छूटकर चिल्लाता हुआ मेंड़ पर चढ़ने लगा।...सोम ने उसका फिर पीछा किया। ऊपर पहुँच जाने पर जोगिया एक बड़े से पत्थर को ऊपर उठाकर सोम पर फेंकने ही वाला था कि उसके पैर के नीचे का पत्थर डगमगा गया और उसने अपने को सँभालने की कोशिश में अपने हाथ के पत्थर को अपने ही ऊपर गिरा लिया। उसकी चिल्लाहट सुनकर लोग दौड़े हुए आए...सोम उस समय स्तब्ध खड़ा था...कोई आध घंटे तक उसके मुँह से एक भी शब्द नहीं निकल पाया था।

पुलिस ने उसकी उसी खामोशी को उसके हत्यारा होने का सबसे बड़ा प्रमाण मान लिया था। बाद में सोम के मुँह से निकली सच्चाई को एक मनगढ़ंत कहानी समझा गया था। राधन और यूसुफ ने तय कर लिया था कि चाहे कुछ भी हो, वकील करना होगा। हीरा को समझाते हुए दोनों ने कहा था कि वे लोग कुछ पैसे उगाहने जा रहे हैं। हीरा के लिए वह भीख थी पर चूँकि प्रश्न था सोम की निर्दोषता प्रमाणित करने का, इसलिए सहायता चाहे कैसी भी क्यों न हो वह उसे स्वीकार करने को तैयार था। वकील की बात से उसके मन को कुछ ढाढ़स मिलता था पर एकान्त में जब वह अपने आपसे तर्क करने लगता उस समय वह सोचते हुए निराश हो जाता कि वकील हाथ-पाँव तो अवश्य मारेगा पर भरोसा क्या है कि वह सोम को बचा सके।

सात दिनों से वह लपटों के बीच जी रहा था। सात दिन होने को थे, वह खेत नहीं पहुँचा। नए पौधे भी जवाब देने लगे होंगे। इधर घर पर विमला छुप-

छुपकर रोती रहती थी। हीरा के लाख कहने पर भी कॉलिज जाने का नाम नहीं लेती। करुणा बात-बात पर अपने को कोसती हुई कहती कि जो कुछ हुआ उसी के कारण हुआ। मन-ही-मन कहती कि वह जिस घर में रहती है वहाँ से किसी-न-किसी को जेल भेजकर ही चैन पाती है। इन दो वाक्यों के अलावा वह और कुछ नहीं बोल सकती थी। वह कोने में चुपचाप बैठी रहती थी—गुमसुम-सी। उसकी वह पुरानी खामोशी लौट आई थी। हीरा जब खुद को नहीं समझा पा रहा था तो दूसरों को कैसे समझाता।

हीरा जहाँ बैठता, काठ की तरह बैठा ही रह जाता।

सोम के हवालात जाने से दो दिन पहले करुणा को मालूम हुआ था कि वह उसे प्यार करता है। करुणा ने शुरू से आज तक यही समझा था कि सोम दया की मूर्ति है और अपने इसी गुण के कारण वह उस पर दया करता था। करुणा उसे आदर की दृष्टि से देखती थी। उस दिन उसके मुँह से वह बात सुनकर वह अवाक् रह गई थी। कुछ क्षण बाद मन में आया था कि कह दे—'सोम! इस घर में कदम रखते ही मैंने तुम्हें अपना देवर मान लिया था।'

पर उसके मन में इस भाव का पैदा होना जितना सरल था उसे होंठों पर लाना उतना ही जटिल। सोम की बात को अनसुनी करके मन-ही-मन तय किया था कि यह बात किसी दूसरे दिन वह सोम को बताएगी। अब वह सोच रही थी कि उसी क्षण बता देना ठीक रहता। पर क्या करे, सभी कुछ होकर रहा। करुणा को इस बात का दुख था कि सोम हवालात में बन्द है पर इस बात का दुख और भी अधिक था कि वह आज भी उसी गलत धारणा के सहारे उसे याद करता होगा। उसे अपनी माँ की याद भी आ जाती पर वह याद क्षणिक होती।

हीरा के लिए उसके हृदय में जो प्यार था वह दया के माध्यम से पैदा हुआ था। इधर कुछ दिनों से सोम के लिए भी उसके भीतर दया के भाव पैदा हो गए थे। उसकी अपनी माँ भी कैद थी पर जो चिन्ता उसे अपनी माँ के लिए नहीं हुई थी वह सोम के लिए होने लगी थी। इसका कारण जानने के लिए वह खुद ही से प्रश्न करती और खुद को ही उत्तर देती। उसे अपने इस उत्तर से सन्तोष हो जाता कि अगर सोम के लिए उसके हृदय में इतनी अधिक दया है तो इसका कारण केवल इतना ही था कि उसके कैद होने का कारण करुणा ही तो थी। वह

और कई प्रश्न करती जिससे उसे यह मालूम होता कि कहीं इस दया के साथ-साथ कुछ और बातें भी तो नहीं हैं पर नहीं, वह केवल सहानुभूति है! अपनी सभी भावनाओं को निचोड़कर करुणा ने जो उत्तर पाया वह यही था—केवल सहानुभूति। इस उत्तर ने उसके भीतर के एक बहुत भारी बोझ को हल्का कर दिया। अपने भीतर के दुखों के बीच भी उसे इस बात की खुशी थी।

सुखराम सिंह के बेटे की शादी थी। उसके यहाँ के ध्वनिवर्धक की आवाज इतनी अधिक ऊँची थी कि गाँव के इस छोर से उस छोर तक सुनाई पड़ रही थी। हीरा सभी कुछ भूल बैठा था। अगर लाउडस्पीकर से ये फिल्मी गीत नहीं सुनता तो यह भी याद नहीं आता कि उसे सुखराम सिंह के घर से निमंत्रण था। जाने की चाह न होते हुए भी उसे इस खयाल से जाना ही पड़ा कि कहीं सुखराम सिंह शादी में भाग न लेने का बुरा न मान जाए। वह उस व्यक्ति के एहसान से दबा हुआ था। कहीं ऐसा न हो कि उसे तकाजा करने का बहाना मिल जाए, बस इसी बात से डरकर हीरा शादी में पहुँचा। हर मिलनेवाले ने उससे सोम का हाल पूछा पर किसी ने उसकी रिहाई का उपाय न बताया।

महतों की बारी में हीरा को भी भोजन के लिए उठाया गया। जिस विशाल पंडाल में मेहमानों को सत्कार के बाद ठहराया जा रहा था उसी से सटकर एक छोटा-सा पंडाल और था जो रसोई से भी सटा हुआ था और जिसमें मेहमानों को खिलाने का सुन्दर प्रबन्ध था। हीरा के चटाई पर बैठते ही उसके सामने नारियल का हरा पत्ता रख दिया गया। सबसे पहले पत्तों पर घी में छनी गरम पूरियाँ रखी गईं, फिर बारी-बारी से तरकारियाँ और ऊपर से मसाले में बड़ी मिर्च और इमली का टक्कर।

इस अवसर पर हीरा को अपनी माँ की याद आ जाना बहुत ही स्वाभाविक था, क्योंकि उसकी माँ पूरियाँ छानने और कच्चू की भाजी भूनने में अपनी सानी नहीं रखती थी। हीरा के घर जब भी पूरियाँ छनतीं उसके साथ चने की दाल, कुम्हड़े की तरकारी और कच्चू की भाजी का होना जरूरी होता था। हीरा गोश्त-मछली से भी अधिक इस खाने को पसन्द करता था। अपने पत्ते पर कच्चू की भाजी देखते हुए उसे अपनी माँ की याद आ ही गई थी, साथ-साथ सोम की याद भी उसे आई। सभी लोग खाना शुरू कर चुके थे। हीरा अपने पत्ते

पर नाना प्रकार के व्यंजनों को देखता रहा। पत्ते पर आलू की तरकारी कुम्हड़े की तरकारी से और दाल अन्य तरकारियों से मिल गई थी। गरम पूरी का पहला टुकड़ा तोड़कर उससे कच्चू की भाजी लेते हुए हीरा ने उसे मुँह तक पहुँचाया। एक ओर माँ की याद में सराबोर क्षणों का उल्लास और दूसरी ओर सोम की याद की टीस। हवालात में उसे न जाने क्या खाने को मिलता होगा! जिस समय मँगरू का भाई कैद में था उस समय वहाँ मक्की, सूखा भात और स्नूक मछली का टुकड़ा मात्र मिलता था। हीरा ने अपने आपको सान्त्वना देते हुए कहा—नहीं, अब वैसा नहीं होता होगा। अब तो सुनने में आया है कि कैदियों की पिटाई भी नहीं होती।

चारों तरफ से बन्द कमरे में बैठा हीरा खयालों में डूबा हुआ था। बाहर की तरह कमरे का अँधेरा भी गहन था और उस घटाटोप अँधेरे को चीरती हुई रामजी भगत की आवाज आ रही थी। काफी दिनों से, जब से उसके एकमात्र बेटे की मृत्यु हो गई थी, रामजी भगत ने अपने को बदल दिया था। वह भगत नहीं रह गया था, फिर भी लोग उसे भगत ही कहकर पुकारते थे। शराब के नशे में झूमता हुआ वह हर रात इस रास्ते से गुजरता और बुलन्द आवाज में अपने ही रचे गीतों को, जिसमें व्याकरण की हालत एकदम नाजुक होती थी, गाते हुए लोगों की नींद को हराम कर जाता। जब भी उसकी भेंट हीरा से होती वह उसके सामने एक ही बात को विभिन्न ढंग से दुहराता रहता। इस समय उसके गीत को न सुनकर हीरा उसकी उसी बात पर गौर कर रहा था। वह रामजी भगत का नशीला स्वर था—'हीरा बबुआ, तू नाहक में एतना फिकिर काहे करे ले? अरे बबुआ, दुनिया दो दिन के ह, खा पी के मजा करे के ह ई दो दिन।'

रामजी भगत के गीतों में ये ही अस्तित्ववादी बातें होती थीं जिनके बारे में देर तक सोचते रहने के बाद भी हीरा उन्हें महत्त्व न दे पाता। परन्तु इधर दो-तीन दिनों से रामजी भगत की बातों में उसे और कुछ न सही, यथार्थ की धूमिल झलक अवश्य मिलती थी। अपने इई-गिर्द के घटाटोप अँधेरे के बीच भी उसने उस चमक को झिलमिलाते देखा पर उसको अधिक ध्यान से देखने पर उसे

ज्ञात हुआ कि वह क्षणिक चमक उसके चारों ओर के अँधेरे से भी अधिक काली थी। उस झूठे आलोक से अपने को चकाचौंध होने से बचाने के लिए हीरा ने अपनी आँखों को बन्द कर लिया। तभी दरवाजा खुला और हाथ में टिन का चिराग लिये करुणा भीतर आ गई, "इस तरह अँधेरे में बैठे आप क्या कर रहे हैं?"

हीरा ने धीरे-धीरे आँखें खोली। वह चुप रहा। चिराग को मेज पर रखकर करुणा उसके पास आ गई। वह खड़ी रही। हीरा ने आँखें ऊपर उठाकर उसे देखा और धीरे-से कहा, "बैठ जाओ करुण!"

करुणा ने बगल में देखा। कुर्सी नहीं थी। वह हीरा से सटकर चारपाई पर बैठ गई। रात काफी जा चुकी थी, इस बात का खयाल करुणा को था पर हीरा को नहीं। कब सुबह हुई, कब दिन ढला, कब शाम हो गई और कब सभी लोग सो गए थे, उसे मालूम नहीं था। यह भी वह भूल गया था कि आज उसने शाम की पूजा नहीं की। जैसे वह चारों ओर से हार चुका था। राधन और यूसुफ की बातें अब भी उसके कानों में गूँज रही थीं। वे कह गए थे कि वकील लेना असम्भव है क्योंकि जिस सरलता से उन्होंने पैसे उगाह लेने की बात सोची थी उसे कार्यरूप देना उतना ही कठिन था। दोनों मित्रों ने पचास-पचास जोड़कर सौ रुपये तो बना लिये थे पर इससे आगे एक पाई पाना भी मुश्किल था। हीरा तो इस बात को पहले ही से जानता था। पर न जाने कैसे दोनों की बातों में आकर उसने भी अपने को झूठे दिलासे के सहारे छोड़ रखा था। वह किसी को दोष देना भी नहीं चाह रहा था। देशभर में अभाव था, कोई पैसा दे तो कहाँ से। यों देना चाहनेवाला शायद दे भी सकता था, पर कोई देना चाहे तब तो।

हीरा अपनी बगल में बैठी करुणा को एकटक देखता रहा। बाहर से कई कुत्तों के एक साथ भूँकने की आवाजें आ रही थीं। पड़ोस के किसी घर का बच्चा भी जागकर राग से रो रहा था। कुछ क्षण बाद बच्चे का रोना बन्द हो गया पर कुत्तों का भूँकना जारी रहा।

"मुझे दुख है करुण कि हमारे साथ-साथ तुम्हें भी इतने दुख सहने पड़ रहे हैं।"

"मुझे तो कोई दुख सहना नहीं पड़ रहा।"

"हमने तो सोचा था कि यहाँ तुम्हें तुम्हारे दुखों से दूर रख सकेंगे पर सभी कुछ विपरीत हो गया।"

"यह क्यों नहीं कहते कि इस घर के सभी दुखों का कारण मैं हूँ!"

"झूठ बोलने को कहती हो?"

"नहीं, सच बोलने को।"

"नहीं करुण! इन सभी बातों को होना था। कोई किसी बात का कारण नहीं होता। मेरी माँ तो हमेशा यही कहती थी कि होनी को कोई नहीं रोक सकता। वही हुआ है जिसे होना था।"

"वकील के लिए कोई उपाय हुआ?"

"नहीं।" हीरा ने छोटा-सा उत्तर दिया।

"कल रात मैंने एक सपना देखा था।"

"कैसा सपना?"

"देखा था कि सोम कैद से छूटकर घर आ गया है।"

"सपने हमेशा उलटे होते हैं। खैर, विमला कैसी है?"

"उसका ज्वर कुछ कम है।"

विमला एक तरह से रो-रोकर बीमार पड़ गई थी। रोज एकाध बार सोम को याद करके वह रो लेती। उसकी आँखों में जो घनीभूत निराशा आ बसी थी वह आँसुओं के साथ और भी स्पष्ट हो जाती। उसे ऐसा लगता कि वह अब सोम को कभी नहीं देख पाएगी। वह उससे बात-बात पर झगड़ती थी, अब किससे झगड़े! विमला पर जो गुजर रही थी उसे समझने की हीरा ने कई कोशिशें की थीं। वह भलीभाँति जानता था कि विमला के हृदय में उसके अपने लिए जितना आदर था उतना ही प्यार सोम के लिए था। इस घर में सोम और विमला भाई-बहन से अधिक मित्रों की तरह रहते थे।

हीरा को सोचने के लिए बहुत सारी बातें थीं। खेतों से छूटकर वह सोम के बारे में सोचने लग जाता। सोम के बारे में सोचते-सोचते उसका ध्यान करुणा की ओर आकर्षित हो जाता। करुणा से विमला और विमला से परिस्थिति की ओर। सोचना उसका कभी बन्द नहीं होता। घर की स्थिति और अपने इस

छोटे-से परिवार के भविष्य से अधिक चिन्ता उसे इस समय सोम की थी। वह हर असम्भव को सम्भव करने के बहुत सारे प्रयासों से थक गया था और जब उसकी आँखों के सामने का अँधेरा अधिक भारी हो गया तब उसने करुणा की ओर देखा, "करुण!"

करुणा ने अपनी स्निग्ध आँखों से उसकी ओर देखा। उसकी वह खामोशी बोल रही थी। उसकी आँखों में देखते हुए हीरा ने उसके दाहिने हाथ को अपने हाथ में ले लिया। करुणा की आँखें झुक गईं।

"नहीं करुण! अपनी आँखें मत झुकाओ।"

करुणा की आँखें झुकी रहीं। हीरा ने उसकी उन कोमल अँगुलियों को मुट्ठी में दबाते हुए लड़खड़ाए-से स्वर में कहा, "अपनी आँखों को झुकी नहीं रहने दो करुण!"

पलकें ऊपर उठाना चाहकर भी करुणा उन्हें उठा नहीं पा रही थी। हीरा ने उसके दाहिने हाथ को छोड़कर उसकी बाईं बाँह को पकड़ लिया और उसे अपनी ओर खींचते हुए उसी स्वर में कहा, "तुम इस घर में नहीं होतीं तो इन आफतों को सहना बड़ा ही कठिन होता।"

करुणा ने पलकें उठाईं और जैसे ही उसकी आँखें हीरा की जलती हुई आँखों से मिलीं कि वे अपने आप फिर से झुक गईं। हीरा ने उसे अपनी बाँहों में जकड़ लिया और वह उससे चिपक गई। उसके अस्त-व्यस्त बालों में अपने मुँह को छिपाते हुए हीरा ने कहा, "तुम सामने रहोगी तो दुनिया के सभी दुखों को हँसकर सह लूँगा।"

सुबह हीरा कुछ देर से उठा। हाथ में दातुन लिये वह नल की ओर जा ही रहा था कि पीछे से किसी ने आवाज दी। मुड़कर उसने पीछे देखा। झपटता हुआ यूसुफ उसके सामने आ गया। सलाम के बाद उसने कहा, "हीरा भैया, तुम्हें हमारे साथ आज शहर चलना होगा।"

"शहर क्या करने?"

"एक अच्छा-सा वकील देखने।"

हीरा ने अपने हाथ की दातुन को मुँह तक ले जाते हुए यूसुफ की ओर देखा। यूसुफ को मालूम हो गया था कि हीरा को उसकी बातों पर विश्वास नहीं हुआ, इसलिए उसने फिर से कहा, ''हाँ भैया, हम दो-तीन मित्र आज शहर जा रहे हैं।''

''वकील देखने?''

''हाँ।''

''सोम के लिए?'' उसी हैरत के साथ हीरा ने पूछा।

''हाँ भैया।''

''पैसे कहाँ से आएँगे?''

''उसका प्रबन्ध हो गया है, तुम फिकर न करो।''

''अभी कल ही तो कह रहे थे कि कोई चारा नहीं।''

''मैं तो हिम्मत हार ही बैठा था, मगर रात को सुरेन मिलने आया था। वह अपने आन्दोलन के फंड से वकील का समूचा खर्च देने को तैयार है। युवा आन्दोलन के सभी सदस्यों को जोगिया-परिवार से चिढ़ है, यह तो तुम जानते हो।''

''तो इसीलिए वे हमारी सहायता करना चाहते हैं!''

''केवल इसीलिए नहीं!''

''तो फिर?''

''तुम सुनकर खुश हो जाओगे भैया।''

''तो फिर सुनाते क्यों नहीं!'' बेसब्र आवाज में हीरा ने कहा।

''सचमुच सोम ने जोगिया का खून नहीं किया।''

''यह तो मैं जानता हूँ यूसुफ, पर इसको प्रमाणित कैसे किया जाएगा!''

''सभी कुछ प्रमाणित समझो भैया! सुरेन के बड़े भाई ने अपनी आँखों सभी कुछ देखा है।''

''मैं कुछ समझा नहीं।''

''सुरेन का बड़ा भाई उस दिन उसी रास्ते से गुजर रहा था। उसने जोगिया को पत्थर उठाते और उसी से घायल होते देखा था।''

''सच! तो फिर इतने दिनों से''...।

''उसके चुप रहने का चाहे कोई भी कारण हो। हमें इससे क्या! कल रात उसने अपनी यह गवाही पुलिस के सामने भी रख दी है।''

हीरा को पहले तो अपने कानों पर शक हुआ, फिर इसे भगवान की ओर से मिली मदद समझकर वह भीतर-ही-भीतर गद्‌गद हो उठा। मुँह धोना भूलकर वह इस खुशखबरी को विमला और करुणा को सुनाने घर के भीतर दौड़ गया।

पन्द्रह

शाम को करुणा और विमला बेसब्री के साथ हीरा के शहर से लौटने का इन्तजार कर रही थीं। जब से सोम हवालात में था, आज पहली बार विमला के चेहरे की उदासी कुछ कम हुई थी। करुणा अपने हाथ के सूप से चावल फटक रही थी और विमला सजीहन की भाजी बना रही थी। सजीहन के नन्हे कोमल पत्तों को टूँगते हुए विमला ने करुणा की ओर बिना देखे ही कहा, "भैया देर कर रहा है।"

"समय क्या हुआ होगा!"

"पाँच से ऊपर।"

"शायद आते ही होंगे।" करुणा विमला के साथ-साथ अपने आपको भी सान्त्वना देती हुई बोली।

दोनों बरामदे में बैठी हुई थीं जहाँ से कच्ची सड़क के उस पार वह आम रास्ता भी दिखाई पड़ रहा था, जिससे रह-रहकर मोटरें गुजर जाती थीं। बस हर पैंतालीस मिनट पर गुजरती थी। अभी पाँच मिनट भी नहीं हुए, एक बस चीनी-दुकान के सामनेवाले बस-स्टाप पर रुककर चली गई थी। हीरा उसमें से नहीं उतरा। अब चालीस मिनट बाद दूसरी बस के पहुँचने की उम्मीद पर विमला मोटर की हर घरघराहट को सुनकर रास्ते की ओर देखने लग जाती। एकाध बार करुणा भी देख लेती। आँगन में कुछ कुत्ते आपस में झगड़ रहे थे। सामने से नल की ओर जाती हुई औरत ने एक कंकड़ उठाकर कुत्तों के बीच

दे मारा। कुत्ते तितर-बितर हो गए। औरत अपने कुत्ते को पीछे खदेड़कर नल की ओर बढ़ गई।

"अब तो आस बँध गई है। तुम क्या सोचती हो करुण!"

"भगवान ने चाहा तो उसे कुछ नहीं होगा।"

"पर अब तक भैया को लौट आना चाहिए था।"

"काम पूरा किए बिना लौटना भी तो नहीं हो सकेगा।"

"न जाने मेरी बेसब्री इस तरह क्यों बढ़ती जा रही है!"

हीरा की प्रतीक्षा करते हुए विमला को सोम की खबर पाने की बेसब्री थी, जबकि करुणा की बेसब्री हीरा को सामने पाने की थी। ऊपर से अपने को शान्त बताती हुई भीतर से करुणा भी अधीर थी। चिन्ता का कोई खास कारण न होते हुए भी वह चिन्तित थी। वह भी चाहती थी कि जल्द-से-जल्द हीरा वापस आ जाए। आज की यह प्रतीक्षा उसे अतीत में घसीट ले गई। तब वह छोटी ही थी, जब उसका बाप अपनी बीमारी के कारण कोठी से निकाल दिया गया था। वह मूँगफलियाँ बेचकर घर के लिए रोटी-कपड़े का प्रबन्ध कर लेता था। उस समय वे जहाँ रहते थे वहाँ से समुद्र-तट अधिक दूर नहीं था। मछुओं के बीच अच्छी बिक्री होने के कारण उसका बाप उसी ओर चला जाता था। उस दिन मौसम खराब देखकर करुणा की माँ ने अपने पति को समुद्र की ओर जाने से रोका था। करुणा ने भी अपने बाप से यही कहा था कि वह इस खराब मौसम में उधर न जाकर इधर ही मूँगफली बेचे। उसके बाप ने हँसकर बात टाल दी थी। पर उसके घर से निकलते ही हवा की रफ्तार तेज हो गई थी। समय के साथ मौसम खराब ही होता गया। वर्षा भी मूसलाधार होती गई। अपनी माँ के साथ करुणा बिना खाये-पीये बाप की राह देखती रह गई थी। करुणा की बेसब्री बढ़ते तूफान की तरह बढ़ती ही गई और फिर उसका बाप सिर से पाँव तक भीगे हुए घर लौटा था—दो ही दिन बाद हमेशा के लिए विदाई ले लेने के लिए!

आज मौसम साफ था, फिर भी करुणा के भीतर वही पुरानी बेसब्री थी। अपने भीतर की अज्ञात आशंका का कारण वह समझ नहीं पा रही थी। उसकी अधीरता का कारण शायद विमला की अधीरता हो, ऐसा सोचकर वह मन-ही-मन हँस लेती। पर समय बीतता ही जा रहा था। उजाला धुँधलेपन में बदल गया

था और धुँधलापन अँधेरे में बदलनेवाला था कि तभी गाँव को पहुँचनेवाली पिछली बस चीनी-दुकान के सामने स्टाप पर रुकी और कुछ ही मिनट बाद दूर से ही विमला और करुणा ने हीरा को पहचान लिया। दोनों के हृदय की धड़कनें एक साथ बढ़ गई थीं।

हाथ में मिठाई का दोना लिये हीरा दोनों के सामने खड़ा था। उसकी आँखों में खुशी थी। किसी के कुछ पूछने से पहले ही उसने कहा, ''कल सोम घर आ रहा है!''

''सच!'' विमला उछल पड़ी।

''हाँ! वकील ने मुझे विश्वास दिलाया है कि कल वह उसे छुड़ाकर दम लेगा। उसने यह विश्वास भी दिलाया है कि मामला अब बहुत साफ हो गया है और सोम को कुछ नहीं होगा।''

विमला की खुशी का ठिकाना न रहा। जी चाहा कि वह अपने भाई से लिपट जाए। पिछली बार जब वह हीरा से लिपटी थी उस समय वह काफी छोटी तो नहीं, फिर भी आज वाली झिझक उस समय उसमें नहीं थी। वह दीवाली की शाम थी। उसके इस भाई ने उसकी मनपसन्द चीज उसके हाथ में रख दी थी। वह एक नारंगी रंग का झगला था जिसकी भारी इच्छा होते हुए भी उसने माँग नहीं की थी पर उसके भाई को न जाने कैसे उसकी उस इच्छा का पता चल गया था। उस समय हीरा उसे उस तोहफे से भी सुन्दर और कीमती तोहफा दे बैठा था। पहली बार वह विमला की खुशी को परखने में असमर्थ था, पर इस बार तो उसे मालूम भी न हो सका कि उसकी इस बात से विमला पर क्या गुजरी। वह अपनी सारी खुशी को भीतर-ही-भीतर एहसासती रह गई थी।

विमला के हाथ में तेल से भीगे मिठाई के दोने को रखते हुए हीरा सामने की कुर्सी पर बैठ गया। दोनों को अपनी देरी का कारण बताते हुए वह काफी देर तक वकील के सामने हुई बातों को सुनाता रहा। उसने सुरेन की भी बहुत बढ़-चढ़कर प्रशंसा की। अपनी उस लम्बी प्रशंसा को समाप्त करते हुए उसने कहा, ''इस गाँव का ही नहीं, उत्तर प्रान्त का सबसे साहसी और योग्य नौजवान है वह। आज मैंने उसकी वह खासियत अपनी आँखों से देख ली। सुरेन अगर आगे चलकर इस देश का कुछ नहीं बना तो मेरा नाम नहीं।''

पर जिस बात को हीरा ने नहीं देखा वह यह थी कि सुरेन की प्रशंसा करते समय विमला की आँखें फर्श पर झुकी रह गई थीं। अगर वह उसकी आँखों को देख पाता तो उनमें जो चमक थी, उसे देखकर वह जरूर ही हैरत में पड़ जाता।

रात को जब करुणा हीरा को खाना परोसने लगीं उस समय हीरा सँभलकर अच्छी तरह बैठते हुए बोला, "आज तो अपने को इतनी अधिक भूख लगी है कि अगर चाहूँ तो तुम्हारी देगची और कड़ाही का सभी कुछ साफ कर दूँ।"

करुणा मुस्कराकर रह गई।

हीरा को आज जिस खुशी के कारण भूख थी उसी खुशी के कारण विमला का पेट भरा हुआ था। वह घर में सबसे अधिक खुश थी और इस खुशी से उसकी भूख भाग गई थी। दोनों में समानता जो रही वह यह कि दोनों को नींद काफी देर से आई। हीरा केवल सोम के बारे में नहीं सोचता था, विमला भी नहीं। विमला एक निडर लड़की थी, ठीक अपने बाप और भाई सोम की तरह, परन्तु इधर कुछ दिनों से उसके भीतर एक डर पैदा हो गया था। अपनी चिन्ताओं के बीच वह उस डर को भूल बैठी थी पर चिन्ता कम होते ही वह डर फिर सामने आ गया था। उसका भाई हमेशा यही कहता था कि बुरा करनेवाले डरते हैं, अच्छा काम करनेवाले तो भगवान से भी नहीं डरते। अपने भीतर के डर को महसूस करती हुई वह कई बार अपने आपसे प्रश्न कर बैठती—'क्या मैं कोई बुरा काम तो नहीं करने लगी हूँ?'

'नहीं तो।' उत्तर भी उसी का होता।

'तो फिर यह डर कैसा?'

'यह डर है?'

'डर नहीं तो और क्या है?' प्रश्न के प्रत्युत्तर से वह उधेड़बुन में पड़ जाती।

अपनी अस्थिरता पर अधिकार जमाकर वह अजीब भोलेपन के साथ अपने आपसे एक दूसरे ही ढंग से प्रश्न करती, 'क्या सचमुच मैं जो कर रही हूँ वह उचित नहीं? पर मैं कर क्या रही हूँ? सचमुच मेरे दोनों भाई अपनी स्वीकृति मुझे नहीं देंगे?'

इन अन्तिम प्रश्नों का कोई उत्तर उसके पास नहीं होता।

सोम के आ जाने से सम्भवत: उसका यह भय कुछ कम हो जाए क्योंकि

सोम उसे बहुत अधिक प्यार करता है। उसकी खुशी का खयाल करके शायद वह हीरा को भी मना ले। हाँ, सोम बड़े भैया को मना लेगा, विमला को पूरा यकीन था। इसी यकीन के साथ वह सो गई थी। सपने में उसने सुरेन से पूछा, 'मेरे कारण तुमने मेरे भाई पर दया की है?'

सुरेन के हाथ में श्वेत रंग का एक फूल था। विमला के माथे पर उसे लगाते हुए उसने कहा—'केवल तुम्हारे कारण!'

इस बात से उसे खुशी तो हुई पर उस बात से शायद वह अधिक खुश होती जिससे उसे विश्वास हो जाता कि सुरेन ने यह बिना किसी प्रयोजन के किया था। उसने आगे पूछा—'मेरे लिए तुम और क्या कर सकते हो?'

'बहुत कुछ!'

'यह बहुत कुछ क्या है?'

'कहो तो तुम्हारे लिए जान भी दे दूँ।'

सुरेन के इस फिल्मी डायलॉग के साथ ही विमला का सपना बदल गया था और उसने अपने को कॉलिज की सहेलियों के बीच पाया था। कुछ ही क्षण बाद वह दृश्य भी ओझल हो गया और उसने अपने आपको एक पहाड़ पर अकेले पाया। इससे आगे का सपना अस्पष्ट था।

सुबह विमला के उठने से पहले ही हीरा शहर चला गया। हाथ-मुँह धोने के बाद विमला जब रसोई में पहुँची उस समय करुणा भात पसा रही थी। विमला को देखकर बोली, "अपनी चाय छान लो। छोटी देगची में शकरकन्द है, चाहो तो ले लेना।"

अपनी चाय लेकर पीढ़े पर बैठते हुए विमला ने पूछा, "भैया कब गया?"

"पहली बस से।"

"कब तक लौटेगा?"

"कुछ नहीं कह गए।"

"तुम्हें विश्वास है करुणा कि सोम भैया आज आ जाएगा?"

"तुम्हें विश्वास नहीं?"

"शायद खुशी के कारण मेरा विश्वास भी डगमगा रहा है।"

"मैं कहती हूँ वह जरूर आएगा।"

"तो फिर उसके लिए कुछ अच्छी चीजें पकानी चाहिए।"

कुछ क्षण चुप रहकर करुणा ने हौले-से कहा, "न चावल है न आटा!"

"भैया के सामने ही तुमने यह बात क्यों नहीं कही! तुम्हें यह पहले ही कहना चाहिए था।"

"उनसे कहने पर क्या लाभ होता? बस तक का खर्चा तो राधन दे गया था।"

"क्या किया जाए?" यह कहते ही विमला को कुछ याद आ गया और वह अपने हाथ से चाय की कटोरी नीचे रखकर घर को झपट पड़ी। करुणा बिना कुछ समझे उसकी ओर देखती रह गई। कोई पाँच मिनट बाद विमला रसोई में लौट आई। उसके हाथ में टिन की लाल गुल्लक थी, जिसमें वह अपनी पाई-पाई बटोरती आ रही थी—इस उद्देश्य से कि साल के अन्त में उन पैसों से अपने लिए नए कपड़े खरीद सकेगी। गुल्लक को करुणा के सामने रखकर उसने कहा, "इसे तोड़ते हैं करुणा!"

"पर यह तो अभी भरा नहीं और फिर...!"

"नहीं करुणा, इसमें कम-से-कम नौ-दस रुपये अवश्य होंगे।"

"और इससे पहले कि करुणा आगे कुछ कहती विमला ने सामने से काली फुकनी उठाई और गुल्लक को लकड़ी के खम्भे से सटाकर उस पर फुकनी के अनेक वार किए। गुल्लक की पेंदी के टूटते ही झनझनाते बहुत सारे सिक्के फर्श पर नाच उठे। दोनों ने मिलकर उन्हें उठाया। गिनने के बाद बारह रुपये पचहत्तर सेंट निकले। उनमें से आठ चवन्नियाँ लेकर विमला पड़ोस तक दौड़ गई और उधर से एक छोटे लड़के को साथ लिये करुणा के सामने पहुँची, "इसे कह दो करुण, क्या-क्या लाना है!"

"तुम्हीं क्यों नहीं कह देतीं।"

"नहीं, तुम्हीं कहो!"

"सोम को फूलगोभी की तरकारी बहुत अधिक भाती है न!"

"हाँ, परांठे के साथ!"

"उस दिन उसने धनिया की चटनी भी बड़े स्वाद के साथ माँग-माँगकर खाई थी।"

"तो फिर ठीक रहा। एक फूलगोभी, आलू, आटा, टमाटर और धनिया!" और फिर लड़के के हाथों में आठों चवन्नियों को रखती हुई विमला बोली, "देखना पैसे सँभालकर रखना।"

"तब तक करुणा घर के भीतर से वाक्वा की पुरानी टोकरी लिये आ गई थी। उसने भी लड़के के हाथ में टोकरी थमाते हुए कहा, "बाकी पैसे सँभालकर लाना।"

पैसा और टोकरी लिये लड़का चीनी-दुकान की ओर दौड़ गया।

लड़के के चले जाने पर दोनों को मालूम हुआ कि घर पर तेल और मसाले भी नहीं हैं। विमला ने हँसकर कहा, "बहुत हड़बड़ी में थे, इसीलिए ऐसा हुआ।"

"लड़के को दोबारा भेजना होगा।"

"खैर, उसे पाँच सेंट दे देंगे। करुण, हमें पहले ही से इस तरह उतावली हो रही है और अगर सोम भैया नहीं आया तो?"

"असगुन करने लगी?"

समय को जल्द-से-जल्द काटने के लिए विमला कभी घर के काम-काज में अपने को खो देती तो कभी पुस्तक लेकर बैठ जाती। वह इधर-से-उधर होती रही। कभी आँगन तो कभी रसोईघर। एक ही ठौर पर बैठे रहना उसे बड़ा कठिन लग रहा था। उसकी आज की बेसब्री कल शाम की बेसब्री से भी बड़ी थी। तरकारी पक जाने पर जब करुणा ने आटा रूँधने की बात कही, तो विमला झट कह उठी, "नहीं, अभी नहीं। उसके आ जाने पर आटा रूँधना अधिक अच्छा रहेगा ताकि खाते समय रोटियाँ नरम और गरम दोनों रहें।"

करुणा को भी इस बात की खुशी थी कि सोम घर आ रहा है। वह भी तो भगवान से यही प्रार्थना कर रही थी कि घर आ जाने पर भी मुकदमे में उसकी जीत हो। वह भी उतनी ही खुश थी, जितनी विमला। परन्तु इस भारी खुशी के साथ-साथ उसके भीतर एक तरह से भय-जैसी कोई चीज भी थी। अदालत में सोम की रिहाई के साथ-साथ वह यह प्रार्थना भी करती कि सोम के दिलोदिमाग से उसकी अपनी रिहाई भी हो जाए। वह चाहती थी कि बात को आगे बढ़ाए बिना ही सोम की गलतफहमी अपने ही आप मिट जाए। वह नहीं चाहती थी कि जिस बात को वह अपने कानों सुन चुकी है उसे हीरा भी सुने। कल रात से

करुणा अपने आपसे केवल यही कहती आ रही थी कि चाहे कुछ हो जाए, वह नहीं चाहती कि हीरा के हृदय पर कुछ गुजरे। वह केवल यही चाहती है कि हीरा हर ठेस और हर सदमे से बचा रहे। इस घर में आए उसे बहुत दिन नहीं हुए, पर यह समझते देर नहीं लगी कि सोम हीरा का साहस है और चूँकि वह हीरा को प्यार करती है इसलिए नहीं चाहती कि वही साहस कुछ और में बदल जाए। इसलिए ऊपर से शान्त बने रहकर भी भीतर से वह अशान्त थी। इसी उधेड़बुन के बीच उसने एक बार अपने आपसे प्रश्न भी किया, 'क्या सोम के लौटने से मुझे खुशी नहीं?'

'भला क्यों नहीं?'

लेकिन उसकी इस निश्छलता के परोक्ष में जो भय था, वह बना ही रहा।

सोलह

पूरे दो सप्ताह बाद विमला कॉलिज गई थी। पूरे दो सप्ताह बाद ही हीरा अपने खेत में पैर रख रहा था। उसने प्रतिज्ञा की थी कि जब तक सोम उसके साथ न होगा वह इस खेत का मुँह नहीं देखेगा। अपनी बगल में सोम को लिये खेत में प्रवेश करते हुए उसे ऐसा आभास हुआ कि अपने खेत से दूर रहकर उसने खेत के प्रति अन्याय किया है। उससे इनकार करते नहीं बना कि खेत की बिगड़ी हालत का कारण वही है। दो सप्ताह से वह खेत में नहीं घुसा और कँटीली घासों ने इसका नाजायज फायदा उठा लिया है। सोम ने हीरा की ओर देखा, खेत की ओर देखा और फिर खेत से आँखें हटाकर भाई की ओर देखते हुए कहा, ''खेत की यह क्या दशा हो गई है भैया!''

''मैं कहता था न कि इस खेत को हमेशा तुम्हारी आवश्यकता रहेगी। तुम आ गए सोम, अब यहाँ फिर से हरियाली आएगी।''

अपने में नई चेतना अनुभव करते हुए भी हीरा के भीतर एक आशंका और थी। मुकदमे के अदालत में पहुँचने में अभी सात दिन बाकी थे। सभी कुछ सोम के पक्ष में होने की सम्भावना के बावजूद हीरा को उस सम्भावना पर पूर्ण विश्वास नहीं हो रहा था। गाँव के बहुत-से मामलों को वह देख-सुन चुका है। कई बार मुकदमे में जो असम्भव लगता था, वही सम्भव हो गया है। कई बार गाँजा गेंदे के पत्तों में बदल गया है। अफीम को इमली के रस में

बदलते सुना गया है, चोर को साद और साद को चोर में। वकील ने तो पूरे विश्वास के साथ कहा था कि सोम की मुक्ति होकर रहेगी। पर जब तक मुकदमे में न्यायाधीश का फैसला वह अपने कानों नहीं सुन लेता तब तक उसका निश्चिन्त होना कठिन ही था। सोम को अपने साथ पाकर काम की इच्छा तो उसमें आ गई थी पर वह लगन अभी नहीं लौटी थी। उसे सबसे पहले इस विश्वास की आवश्यकता थी कि सोम दोबारा उससे विलग नहीं होगा। हालाँकि पहले-पहल खेत का काम शुरू करते हुए उसने कभी ऐसा नहीं सोचा था कि सोम के बिना वह अधूरा है, लेकिन जब से सोम ने उसके बोझ में साझा कर लिया है तब से उसके बिना उसे अपने अपाहिज होने का भान होने लगता है।

पिछले सप्ताह जो भारी वर्षा हुई, वह इस खेत के लिए व्यर्थ चली गई। कँटीले पौधों के बीच सब्जियों के सहमे पौधे फैलना चाहकर भी फैल नहीं पाए थे। उनकी निरीहता पर दोनों भाइयों को दया आ गई। दोनों के भीतर एक ही जैसी भावना थी। वे एक ही साथ उन सभी कँटीले पौधों को हटाकर सब्जियों के पौधों को साँस लेने की सुविधा देना चाहते थे।

भर्भरवा के कँटीले पत्तों के ऊपर पीले फूल हजारों की संख्या में खिले थे। मधुमक्खियाँ, रंग-बिरंगी तितलियाँ और भँवरे एक फूल से दूसरे फूल पर मँडरा रहे थे। सोम इसी रौनक में खोया हुआ था जब हीरा ने उससे बेपरवाह भर्भरवा की जड़ में, जहाँ काँटे कुछ कम थे, हाथ पहुँचाते हुए उसे मुट्ठी में जकड़ लिया और जोरों से हिलाकर उखाड़ दिया। उस कँटीले पौधे के हटते ही उसकी नजर सामने बैंगन के पौधे पर पड़ी जिस पर ऊदे फूल चमक रहे थे। उसने एक लम्बी साँस ली। फूलों से लदे बैंगन के उस पौधे को वह निहारता रहा और तब वैसे ही कुछ और पौधों के बैंजनी फूलों को देखने के लिए वह भर्भरवा के दूसरे पौधों को भी उखाड़-उखाड़कर एक ओर फेंकने लगा। हीरा को एकाएक काम में जुटते देख सोम भी कँटीले पौधों को उखाड़ फेंकने लगा पर इसके साथ उसकी आँखें मँडराती तितलियों पर भी रह-रहकर चली जातीं।

कल मारे खुशी के विमला उससे लिपट गई थी लेकिन करुणा दूर ही

खड़ी रह गई थी। उसके पतले गुलाबी होंठों के बीच स्वागत की हल्की मुस्कान अवश्य थी, परन्तु वह आशा जो सोम की आँखों में थी उसे वह करुणा के चेहरे पर नहीं देख पाया। उसने तो सोचा था कि उसे सामने पाकर करुणा की खुशी विद्रोह कर उठेगी। पर ऐसा कुछ नहीं हुआ और सोम का दिल बैठ गया।

दिन-भर, रात-भर उसके घर लोग आते-जाते रहे जिससे सोम को करुणा से बातें करने का तनिक भी अवसर नहीं मिला। दो सप्ताह बाद करुणा को देखकर उसे ऐसा लगा था मानो वह एक बार फिर से वही करुणा बन गई थी, जिसे वह यहाँ से कुछ दूर की झोंपड़ी में देखने का आदी था। वही मासूमियत, वही खामोशी और वही गम्भीरता। खेत के लिए निकलते समय तक उसने करुणा के मुँह से एक भी शब्द नहीं सुना था। चाय पीते समय जानबूझकर सोम करुणा की सराहना कर बैठा ताकि उत्तर में वह भी कुछ कहे पर सोम को निराशा ही हुई। अपनी बहन से भी वह करुणा की इस नई चुप्पी का कारण नहीं जान सका। करुणा की सुन्दरता अधिक निखरी हुई थी। उसकी आँखों में छिपे सपने थे। सोम ने जब उसे देखा था उस समय अपना साँवलापन लिये वह सौन्दर्य की पराकाष्ठा पर थी। उसके अधभीगे काले बाल अपनी अस्त-व्यस्तता के कारण उसे सरदी की रात की तरह लम्बे प्रतीत हुए थे। सोम के भीतर के सभी खयाल उन बालों में खो गए थे। चारपाई पर वह अपने आपसे पूछता रह गया था—

'क्या सचमुच ही करुणा इतनी सुन्दर है या एक लम्बे समय बाद देखने से वह ऐसी लग रही है! नहीं...वह सचमुच सुन्दर है। बहुत सुन्दर!'

उसे याद है, एक बार यूसुफ ने भी उससे कहा था कि करुणा निहायत हसीन है। उस समय सोम को ऐसा प्रतीत हुआ था कि वह अभिनन्दन उसका हुआ है। करुणा की सुन्दरता की बात सुनकर वह मचल गया था और तभी से वह जब भी करुणा को देखता उसकी सुन्दरता को परखने लगता। इस समय कँटीले पौधों को उखाड़ते हुए वह अपने आप पर खीज उठा। खेत को आते समय हीरा ने कई बार कहा था कि वह कुछ दिन तक घर पर आराम करे। उस समय उसे घर रह जाना उचित नहीं जँचा था लेकिन अब वह सोच रहा था कि

भाई की बात मान लेता तो अधिक अच्छा होता, कम-से-कम करुणा से कुछ बातें तो कर सकता।

कोई आध घंटे बाद सोम को लगा कि उसका भाई उसके मन की बात ताड़ गया है। अपनी कमर सीधी करते हुए उसने उससे कहा, "अधिक हरकाटी तुम्हारे लिए ठीक नहीं। तुम घर चलो, मैं कुछ देर में आ जाऊँगा।"

मुँहमाँगी मुराद मिल जाने पर भी सोम के मस्तिष्क में एक विचार कौंधा और उसने अपने आपसे कहा, 'जिसने मेरे बिना इस खेत में कदम नहीं रखा उसे यहाँ अकेले छोड़ जाना कहाँ का न्याय होगा! नहीं, जब तक वह यहाँ है तब तक मुझे भी रहना चाहिए।'

हीरा की बात को अनसुनी कर वह कँटीले पौधों को उखाड़ता और करुणा के बारे में सोचता रहा। करुणा से जी-भरकर बातें करने को वह बेताब था। हवालात में उसने तीन बार उसे सपने में देखा था, तीनों बार करुणा उसे मुस्कराती मिली थी। हवालात छोड़ते समय घर की याद के साथ जिस बात को उसने सबसे पहले सोचा था वह करुणा की सपनेवाली मुस्कान ही थी। पर उसे निराशा हुई थी जब उसने करुणा को उस मुस्कान के साथ नहीं देखा, मगर उसे उम्मीद थी कि वह उस मुस्कान को देखकर रहेगा। अपने आपको सान्त्वना देते हुए वह कहता कि उस समय उसके होंठों पर मुस्कान न होने के बहुत-से कारण हो सकते हैं।

सुरेन के बार-बार अनुरोध करने पर विमला ने आँखें उठाकर उसकी ओर देखा।

सुरेन उसे इस तरह देख रहा था मानो विमला कोई आधुनिक पेंटिंग हो। विमला को अपनी ओर देखते पाकर सुरेन ने कहा, "मेरा विश्वास करो विम्मू, तुम्हारे भाई को कुछ नहीं होगा।"

"मुझे विश्वास है।"

"तो फिर तुम्हारी यह उदासी?"

"इसका कारण कुछ और ही है।"

''मुझे नहीं सुना सकतीं?''

''अभी नहीं।''

''नहीं विम्मू, तुम्हें सुनाना ही होगा। अभी ही।''

''तुम तो कहते थे कि प्यार में एक-दूसरे से कुछ छिपाना पाप समझा जाता है!''

''मैंने तो तुमसे कुछ नहीं छिपाया!''

''कल तुमने मुझे जो पुस्तक दी थी उसमें तुम्हारा एक पत्र था।''

''ओह! समझा!''

''तो तुम सचमुच ही इंग्लैंड जा रहे हो?''

''इत्मीनान रखो, तुमसे आज्ञा लिये बिना थोड़े ही जाऊँगा।''

''तुम सोचते हो मैं तुम्हें जाने की आज्ञा दे दूँगी?''

''हाँ! अगर यह जान लो कि मैं बहुत ही जरूरी काम से जा रहा हूँ। और बहुत दिनों के लिए नहीं!''

''और अगर मैं न जाने दूँ?''

''तो नहीं जाऊँगा।''

''सुरेन, तुम हमेशा मुझे अपनी बातों में फँसा लेते हो। सच-सच बताओ, तुमने मुझे यह बात पहले क्यों नहीं बताई?''

''कैसे बताता!''

''क्यों नहीं बता सकते थे!''

''पत्र तो कल ही मिला था और फिर मैंने अभी कुछ तय भी तो नहीं किया।''

''कितने दिनों के लिए जाना है?''

''यही कोई तीन महीनों के लिए!''

''तीन महीने! इसको तुम थोड़े दिन कहते हो!''

''देखते-ही-देखते तीन महीने तीन घंटों की तरह बीत जाएँगे। खैर, छोड़ो इन बातों को, अभी तो कुछ भी निश्चित नहीं हुआ और तुम नाहक चिन्ता करने लगीं। यह तो कहो कि तुम्हारे घर में मेरे बारे में कैसी बातें होती हैं!''

''तुम्हें देवता की गिनती में रखा जाता है।''

''और जिस दिन लोगों को मालूम हो जाएगा कि यह सब मैंने किस लालच में किया है तो उस दिन अपनी गिनती शैतानों में होगी!''

''मेरे बड़े भैया को सभी कुछ मालूम है।''

हैरानी के साथ सुरेन ने विमला को देखा। विमला अपने हाथ की एक पुस्तक के पन्ने पलटने लगी थी। हैरत भरे स्वर में सुरेन ने पूछा, ''क्या कहा तुमने?''

''हीरा भैया को सभी कुछ मालूम है।''

''हमारे बारे में?''

''हाँ!'' अपनी आँखों को पुस्तक में टिकाए विमला ने कहा।

''पर कैसे?''

''यह तो मैं नहीं जानती।''

''तो फिर यह कैसे जानती हो कि उसे सभी बातें मालूम हैं?''

''कल वह मुझसे पूछ रहा था।''

''क्या?''

''कि तुम जैसे धनी के लड़के ने मुझमें क्या देख लिया है।''

''विम्मू, तुम मुझे बना तो नहीं रही हो!''

''नहीं सुरेन! सच मानो, भैया को सभी कुछ मालूम है। उसने तो मुझे तुमसे एक बात कहने को कहा है।''

''कौन-सी बात?''

''यही कि जब तक वह तुम्हारा कर्ज भर नहीं देगा तब तक...''

''तब तक क्या!''

''तब तक मेरा हाथ तुम्हारे हाथ में न देगा।''

''बस उम्मीद है तो सब कुछ है।'' सुरेन ऊपर देखते हुए बोला।

''उसने एक और बात पूछी है।''

''वह क्या?''

''तुम्हारे घरवाले मुझे अपने योग्य...।''

''समझेंगे या नहीं! बस यही न! तो फिर उससे आज ही कह देना कि इजाजत हो तो हम कल ही बारात लेकर पहुँच जाएँ।''

"तुम तो इसे मजाक में ले जा रहे हो।"

"मैं मजाक थोड़े ही कर रहा हूँ। उस दिन मेरी बहन ने तुमसे कुछ नहीं कहा?"

"उसने तो माताजी की बात कही थी।"

"विम्मू, जिस बात को तुम नहीं जानतीं वह यह है कि मेरे पिताजी मेरी माताजी के इशारे पर नाचते हैं।"

"कैसी बातें करते हो तुम?"

"हाँ विम्मू, मेरी माँ तुम्हें चाहती है। इसका मतलब है कि पिताजी भी तुम्हें अवश्य चाहेंगे।"

दोनों कुछ देर चुप रहे, फिर विमला ने सुरेन से पूछा, "तुमसे एक बात पूछूँ? गाँव की सभी सुन्दर लड़कियों को छोड़कर तुम मुझे कैसे प्यार कर बैठे?"

"मैं भी एक बात पूछूँ? गाँव के सभी सुन्दर लड़कों को छोड़कर तुम मेरे चक्कर में कैसे आ गईं!"

"तुम्हें मेरे इस प्रश्न का उत्तर देना ही होगा सुरेन!"

"तुम्हें भी मेरे प्रश्न का उत्तर देना ही होगा विम्मू!"

"मुझे इस बात की हैरानी है।"

"किस बात की?"

"तुमने गाँव की सभी सुन्दर लड़कियों को छोड़कर... ।"

"यह तो पहली बार सुन रहा हूँ कि इस गाँव में सुन्दर लड़कियाँ भी हैं।"

"तुम्हारा मतलब है इस गाँव में एक भी सुन्दर लड़की नहीं?"

"मैंने ऐसा कब कहा?"

"तो फिर?"

"एक सुन्दर लड़की अवश्य है और वह तो अपने चक्कर में आ गई है।"

यह कहते हुए सुरेन ने विमला की बाँह पकड़कर उसे अपनी ओर खींचने की कोशिश की, जिससे विमला के हाथ की सभी पुस्तकें नीचे गिर पड़ीं और दोनों एक साथ झुककर उन्हें बटोरने लगे। कालिज की घंटी को शायद इसी

बात की प्रतीक्षा थी, इसलिए वह बज उठी। इससे पहले कि सुरेन कुछ कहता विमला उसके हाथों से पुस्तकें लेकर दौड़ पड़ी।

सुरेन घंटे को कोसता हुआ आम के पेड़ की आड़ में खड़ा रहा। सोचा, सीनियर की परीक्षा में दो वर्ष पहले ही सफल न रहता तो शहर के कालिज से भागकर इसी कॉलिज में आ जाता। परीक्षा की उस प्रतिष्ठित सफलता को भी उसने अपना दुर्भाग्य ही समझा।

सत्रह

खेत पर बने कुएँ के पास हीरा रामदत्त गोसाईं और मँगरू से बातें कर रहा था कि तभी उसने सामने की पगडंडी से सुखराम सिंह को आते देखा। बातें भूलकर वह सोच में पड़ गया। अभी कल ही तो सुखराम सिंह उससे मिलकर गया था। उसके तकाजे पर हीरा ने उससे तीन महीने की मुहलत माँगी थी। बड़ी कठिनाई से वह मान भी गया था। हीरा ने उससे यहाँ तक कहा था कि वह सूद की पाई-पाई चुकाएगा। इस समय उसे फिर अपनी ओर आते देख हीरा घबरा गया। उसे समझते देर न लगी कि सुखराम सिंह आते ही कहेगा कि अब वह एक महीने की भी प्रतीक्षा नहीं कर सकता। हीरा ने जो तीन महीने का समय माँगा था उस पर भी तो उसे विश्वास नहीं था कि उस मुहलत में वह कर्ज से छुटकारा पा लेगा। फिर भी इस खयाल से उसने समय ले लिया था कि तीन महीने के भीतर वह हर तरह की कोशिश करके तो देख सकता था।

दो कदम आगे बढ़कर उसने सुखराम सिंह को नमस्कार किया। सुखराम सिंह की लम्बी मूँछों के नीचे मुस्कान देख उसे हैरानी हुई। अपनी उस मुस्कान के कारण वह उस सुखराम सिंह की तरह नहीं लग रहा था जो दुकान से दियासलाई खरीदकर एक-एक गिनते रह जाता। कुछ ही क्षण पहले रामदत्त और मँगरू से बातें करते हुए हीरा ने कहा था कि अब उसे फिर से सिलाई का काम शुरू कर देना होगा, क्योंकि केवल खेत पर निर्भर रहकर कर्ज से छुटकारा पाना कठिन ही नहीं, असम्भव है। दोनों कामों को कर लेने की हिम्मत थी उसमें। खेत के

कामों के बाद समय निकालकर वह मित्रों के कपड़े सी सकता था। चन्द मिनट पहले का उसका यह निर्णय सुखराम सिंह को देखते ही चकनाचूर हो गया।

सुखराम सिंह ने हँसते हुए कहा, "तुम्हारा खेत तो एक बार फिर सुन्दर दिखाई पड़ने लगा है।"

हीरा समझ नहीं पाया कि सुखराम सिंह के मुँह से निकला यह वाक्य व्यंग्य था या अभिनन्दन। दूसरी ओर से सोम भी आकर सामने खड़ा हो गया। सुखराम सिंह ने सोम की ओर देखा और पूछा, "कब है तुम्हारा मुकदमा?"

"परसों!" सोम ने छोटा-सा उत्तर दिया।

"भगवान ने चाहा तो तुम्हें कुछ नहीं होगा।"

हीरा और सोम ने आश्चर्य से एक-दूसरे को देखा। सुखराम सिंह बुरा तो नहीं था पर उसके मुँह से अच्छे शब्द बहुत कम सुने जाते थे। कुछ ही कदमों पर रामदत्त गोसाईं और मँगरू गाँजे का दम ले रहे थे, जिससे माहौल उसकी गन्ध से भरा हुआ था। उन दोनों की ओर बढ़ते हुए सुखराम सिंह बोल उठा, "इन सब्जियों के निकलने पर मुझे भूल न जाना।"

"नहीं चाचा, मैं आपको कैसे भूल सकता हूँ। कल तो आपसे कह चुका हूँ कि तीन महीने के भीतर मैं सभी कुछ चुका देने का भरसक प्रयत्न करूँगा।"

"अरे मैं रफा-सफा की बात थोड़े ही कर रहा हूँ।"

हीरा ने मन-ही-मन कहा—तो फिर! और सुखराम सिंह ने जोर से कहा, "मैं सब्जियों की बात कर रहा हूँ। हमारे यहाँ भी कभी-कभी भेज दिया करना। पैसे की चिन्ता तुम क्यों करते हो! अपने को उसकी जल्दी थोड़े ही है!"

दोनों भाइयों के लिए यह दूसरा अवसर था आश्चर्यचकित रह जाने का। हीरा के लिए सुखराम सिंह की बात कुछ अस्पष्ट-सी थी। इसलिए उसने धीरे-से कहा, "बात मेरी समझ में नहीं आई।"

"कौन-सी बात! लेन-देनवाली!"

"हाँ।"

"भई, मैंने कहा न मुझे पैसे की कोई जल्दी नहीं। जब हो तभी देना।"

"यह आप कह रहे हैं चाचा!" सोम ने तुरन्त पूछा।

"तो फिर कौन कह रहा है?"

''कह तो आप ही रहे हैं लेकिन...।''

''लेकिन क्या?'' जेब से अधजली सिगरेट निकालकर सुलगाते हुए सुखराम सिंह ने पूछा। सोम चुप रहा और सुखराम सिंह ने आगे कहा, ''मैं यह कहने आया हूँ कि तुम दोनों कर्ज का कोई खयाल किए बिना अपने काम करते चलो।''

एक क्षण अपने आपसे कई प्रश्न पूछने के बाद हीरा ने सुखराम सिंह से पूछा, ''आपका मतलब है कि हमें कुछ अधिक दिनों की मुहलत मिल रही है।''

''केवल यही नहीं। अब से तुम्हें कोई सूद-फूद भी नहीं देना होगा।''

पहले तो दोनों भाइयों को सुखराम सिंह की बात सपने-सी प्रतीत हुई। उन्हें अपने कानों पर विश्वास नहीं हो रहा था। पर बाद में जब दोनों ने सुखराम सिंह को अधिक ध्यान से सुना तब उन्हें यह समझते देर नहीं लगी कि इन सभी बातों के बीच सुरेन था।

कोई आध घंटे बाद सुखराम सिंह के चले जाने पर सोम ने अपने भाई से सवाल किया, ''सुरेन हमारे लिए इतना कुछ क्यों कर रहा है!''

एक मिनट के लिए चुप रहकर हीरा ने सोचा, सोम के इस अचानक किए गए प्रश्न का वह क्या उत्तर दे। तभी उसे एक बात सूझी और उसने मुस्कराते हुए कहा, ''पिताजी सुरेन के बाप के लँगोटिया यार थे। सुरेन भी तो इस बात को जानता ही होगा कि कभी हमारे पिताजी उसके बाप के काम आए थे। एक तरह से, मैं सोचता हूँ, वह उस एहसान के बोझ को उतार रहा है।''

''मैं सोचता हूँ उसने सूद का पैसा सुखराम सिंह को दे दिया होगा, वरना सुखराम सिंह इस तरह की बात करनेवाले नहीं थे।''

''मैं भी यही सोच रहा हूँ।''

''अब तो दो-दो व्यक्तियों का कर्ज आ गया हमारे ऊपर।''

''भगवान पर विश्वास करने से सभी कुछ ठीक हो जाएगा।''

''हूँ!'' होंठों को ऊपर उठाकर सोम ने नाक सिकोड़ ली।

''भगवान की ही दया समझो कि तुम हवालात से बाहर हो।''

''और वह पैसा जो तुमने वकील को दिया! पैसे को भगवान क्यों नहीं कहते!''

"नहीं, मैं पैसे को भगवान की कृपा कहता हूँ। उनके ही चाहने से वह मिल सका था।"

रामदत्त गोसाईं गाँजे के नशे में अपना वही एकमात्र गीत गाने लगा था।

गाँव से कई लोग मुकदमा सुनने गए थे।

केवल जोगिया-परिवार के लोग यह चाह रहे थे कि सोम को सख्त-से-सख्त सजा मिले। जोगिया की काली-कलूटी चाची को कहते सुना गया—हत्यारा के फाँसी होई के चाहे ला।

लोग न चाहते हुए भी चुप थे। जोगिया-परिवार के खिलाफ बोलने की नादानी कौन करता। गाँव में एक-दो व्यक्तियों के मुँह से यह भी सुनने को मिला कि न्यायालय चाहे तो सोम को रिहा कर सकता है, पर जोगिया के तीनों भाई उसे कभी नहीं छोड़ेंगे। कुछ लोगों ने सुरेन पर तरस खाते हुए कहा था कि यह लड़का नाहक ही अपने को जोखिम में डाल रहा है। एक-दो व्यक्तियों ने तो उसे टोका और रोका भी था।

'पागल हो गए हो तुम! इस तरह खुले रूप से तुम जोगिया-परिवार के विरुद्ध जा रहे हो। उनसे दुश्मनी अच्छी नहीं। हम भी तो सोम के पक्ष में हैं पर इसके लिए जोर से चिल्लाने की क्या आवश्यकता है।'

'आप लोग उस परिवार से डरते होंगे, मैं नहीं डरता।'

इस पर एक बूढ़े ने दूसरे से कहा था, 'पैसे का घमंड है।'

बात सुरेन के कानों में पहुँच गई थी। उसने हँसते हुए कहा था—'नहीं हरखू दादा, यह साहस का घमंड है।'

अदालत में पहला मुकदमा युवा आन्दोलन के एक नेता से सम्बन्धित था जो अपनी मीटिंग के दौरान सरकार और पुलिस को कुछ इधर-उधर की कह गया था। यही कारण था कि अदालत खचाखच भरी थी। सामने का मैदान भी आदमियों से भरा हुआ था। गाँव से आए लोग हरी घास पर बैठे दुकान की रोटी भाजियों के साथ खा रहे थे। उनका सारा दिन बीतने को था। काफी देर बाद गाँववालों ने यूसुफ को हँसते हुए अदालत से बाहर आते देखा। उसके कुछ

कहने से पहले ही सभी लोग समझ गए कि सोम की रिहाई हो गई है। प्रायः सभी लोग खुश थे, पर कुछ लोग भीतर से आतंकित थे कि कहीं यह सौदा आगे चलकर सोम के लिए अधिक महँगा न पड़े।

सबसे अधिक खुश हीरा था। उसे अपने अंगों के अच्छे हो जाने की इतनी खुशी नहीं होती। अपने खेत को लहलहाते देखकर भी नहीं। लहलहाते हृदय से उसने मन-ही-मन भगवान को धन्यवाद दिया। लेकिन हीरा से अधिक खुश थी उसकी बहन विमला। विमला की खुशी के दो कारण थे, मुकदमे में सोम की जीत और सुरेन का यह कह जाना कि उसने इंग्लैंड जाने के इरादे को छोड़ दिया है। ये दोनों शुभ सन्देश उसे एक साथ मिले थे और वह खुशी से झूम उठी थी।

शाम को हीरा मन्दिर के पंडित को बुला लाया। छोटी-मोटी पूजा के लिए सभी सामान इकट्ठे कर लिये गए थे। हीरा के अनुरोध को न टाल सकने के कारण सोम को पंडित के सामने बैठना ही पड़ा। जिस समय उसके हाथों में फूल रखते हुए पंडित जी ने उसे भगवान को याद करने को कहा उस समय सोम ने सुरेन और अपने भाई के बारे में सोचते हुए अपने आपसे प्रश्न किया—क्या इन दोनों के न होने पर मेरी रिहाई हो सकती थी!

पंडित के मंत्रों के बीच वह अपने ही उत्तर को नहीं सुन सका। पूजा पर बैठे-बैठे उसकी नजरें ठीक सामने बैठी करुणा पर पड़कर अपने आप झुक जातीं। इधर कुछ दिनों से सोम अपने को बहुत ही कमजोर इनसान समझने लगा था। लाख चाहकर भी वह अपने आपको एक छोटी-सी बात के लिए तैयार नहीं कर पा रहा था। जब से हवालात से छुट्टी पाई है तब से वह रोज यही सोचता रहा है कि करुणा से कुछ कहे, कुछ पूछे। और कुछ नहीं तो कम-से-कम उससे उसकी उदासी का कारण ही पूछ ले। लेकिन उसे इस बात पर भी विश्वास नहीं होता कि वह उदास और खामोश है। उसके सामने शायद वह उदासी ओढ़ लेती हो पर उसकी पीठ पीछे भी करुणा इसी तरह रहती होगी इस पर उसे विश्वास नहीं था। कल शाम जब वह दूसरे कमरे में था तब बगल के कमरे में उसने करुणा को जोर-जोर से हँसते सुना था। उसके अपने दिमाग में प्रश्नों का ढेर लग गया था—करुणा का इस तरह खुलकर हँसना? कहीं यह

सपना तो नहीं? वह भी मेरे भाई के सामने? मेरे भाई के सामने? तो फिर मेरे सामने उसकी उस उदासी और चुप्पी का कारण क्या है?

पूजा के बाद रसोईघर में सोम करुणा के सामने बैठा था। करुणा आटे को मुट्ठियों से रूँध रही थी। उससे बहुत सारी बातें करके भी सोम वे बातें नहीं कर सका जो उसे करनी थीं। वह आटा लगे करुणा के हाथों को देखता रहा, जब तक कि बाहर से मचलती हुई विमला भीतर न आ गई।

रात को भोजन के बाद घर के चारों व्यक्ति एक कमरे में बैठे थे। हीरा कहता जा रहा था और बाकी तीनों सुने जा रहे थे—अब हमें जी-जान से खेत में लग जाना होगा सोम! मुझे पूरा विश्वास है कि इस बार हमारी मेहनत नाहक नहीं जाएगी। कर्ज से छुटकारा पाकर ही हमें साँस लेनी होगी। इस समय हमारे ऊपर बहुत अधिक एहसान हैं। सच मानो, मैं इस बोझ से दबा जा रहा हूँ। जब तक इन एहसानों से हमें छुट्टी नहीं मिलेगी तब तक मैं लाघव भावना के साथ रहूँगा। मैंने कुछ मित्रों से बातें की हैं। उन सभी का सहयोग मुझे मिलेगा, इसलिए कल ही से मैं सिलाई का काम भी शुरू करने जा रहा हूँ। अगर सप्ताह-भर में दो कमीज और दो पतलून भी सी सका तो काफी होगा। एक तरह से सिलाई की मशीन भी कोने में पड़ी है।

अपने भाई के चेहरे के गाम्भीर्य को देखते हुए सोम भी कोई संकल्प करना चाह रहा था पर उसके सामने केवल खेत था जिस पर उसे उतना विश्वास नहीं जितना उसके भाई को है। वह कुछ ऐसे उपाय या ऐसे स्थानों की तलाश में था जहाँ उसे खेत से ज्यादा आय की उम्मीद थी। न जाने किस संयोग से सोम के मन की इस बात को ताड़ते हुए हीरा ने आगे कहा—"हमें अपने खेत पर पूरा विश्वास करना चाहिए। हमारी सब आशाएँ उसी पर हैं और फिर उससे अच्छा हमारे लिए कोई भी दूसरा साधन नहीं हो सकता। सच मानो सोम, इस बार मेरे भीतर बहुत बड़ा आत्मविश्वास है। हमारा पसीना इस बार अवश्य रंग लाएगा।"

"लेकिन खेत से मेरा विश्वास तो हट गया है।" सोम ने कहा।

"ऐसा न कहो! न जाने कैसा कमजोर विश्वास है तुम्हारा जो भगवान से भी हट गया है। खेत पर से तुम्हारे विश्वास के हट जाने का मैं तो कोई कारण ही नहीं देख पाता।"

''पिछली बार जो कुछ हुआ वह कोई कारण नहीं? इतना बड़ा धोखा!''

''लेकिन सोम, यहाँ तुम एक बहुत बड़ी भूल कर रहे हो!''

करुणा और विमला दोनों हीरा के पक्ष में होती हुई भी चुपचाप सुन रही थीं।

''भूल!'' सोम ने अपने भाई की उन आँखों में देखते हुए पूछा जिनमें चिराग की रोशनी अखंड आशा को चमका रही थी।

''हाँ सोम! धोखा हमें खेत ने तो नहीं दिया था। वह धोखा तो हमें अपने भाग्य से मिला था।''

''भाग्य! तुम भी कभी-कभी अजीब बातें कर जाते हो भैया!''

''इसीलिए तो मैं भाग्य की बात कर रहा हूँ। जानता हूँ तुम भाग्य पर विश्वास नहीं करते। लेकिन एक बार उससे लड़कर तो देख लें।''

''मैं नौकरी की खोज में निकलना चाहता हूँ।'' सोम बोला।

''खेत के कामों को छोड़कर!''

''वहाँ की खाक मुझसे छानी नहीं जाती। वहाँ से कुछ भी मिलनेवाला नहीं।''

''मैं तुम्हारी इस निराशा का कारण नहीं समझ पा रहा।''

''अब तक हमें खेत से मिला ही क्या है!''

''इसका यह मतलब तो नहीं कि आगे मिलने की कोई भी सम्भावना नहीं!''

''अपने आपको झूठी सान्त्वना देने से क्या लाभ होगा जबकि तुम भी इस सच्चाई को भलीभाँति जानते हो भैया कि खेत से हमें कुछ भी मिलनेवाला नहीं। खेती करनेवाले वे सब लोग आज भी वहीं हैं जहाँ से उन्होंने कभी कुछ आरम्भ किया था।'' कुछ जोश के साथ सोम ने कहा।

''तुम एक बार फिर भूल कर रहे हो। क्या इस बात को भी नकारना चाहते हो कि हमारा यह देश आज जहाँ पहुँचा है अपने खेतों के बल पर ही!''

''मेरा मतलब हम जैसे छोटे खेतिहरों से है। आखिर हम जैसों को अब तक मिला ही क्या है!''

''बहुत कुछ मिला है सोम! इस बात को शान्त चित्त से सोचना चाहिए!''

''नहीं भैया! मुझसे खेतों का काम नहीं होगा। मैं कल ही से काम ढूँढ़ने

लगूँगा। तुम्हें भी खेत से बाज आकर घर पर ही सिलाई के काम में लग जाना अच्छा होगा।''

''तुम्हारा मतलब है दर्जी के काम से जीविका चलाना!''

''यह असम्भव तो नहीं है!''

''यह एकदम असम्भव है सोम! गाँव के सभी दर्जी भूखे मर रहे हैं। आदमी को पहले रोटी चाहिए, फिर कपड़ा। यहाँ तो रोटी ही का पूरा प्रबन्ध नहीं हो पा रहा है तो कपड़े कहाँ से आएँगे। सिलाई तो मैं फिर शुरू करने जा ही रहा हूँ लेकिन उसी के सहारे जीविका की आस लगाना नादानी होगी। तुम दूसरे काम ढूँढ़ने की बात कर रहे हो! अगर काम ढूँढ़ने से मिल जाता तो फिर यह अभाव क्यों होता जो चारों ओर फैला हुआ है। कुछ लोग महीनों और वर्षों से नौकरी ढूँढ़ते हुए आज भी बेकार हैं। इन सभी बातों को जानते-समझते हुए भी तुम पागलपन पर उतर आए हो! मुझे तो आश्चर्य होता है सोम। कॉलिज छोड़कर तुमने खुद खेत को पसन्द किया था और आज उसी खेत से दूर भागना चाहते हो!''

सोम को ऐसा लगा कि उसके भाई ने उसे निरुत्तर कर दिया है। अपनी तर्क-शक्ति को खोकर वह उसके सामने सिर झुकाए बैठा रहा। पलभर के सन्नाटे को तोड़ते हुए हीरा ने एक दूसरे भाव से कहना शुरू किया, ''मैं तुमसे फिर यही कहूँगा कि अपनी सारी हिम्मत बटोरो और चलो हम दोनों एक बार फिर पूरी लगन और संकल्प के साथ खेत में जुट जाएँ। जिम्मेदारियों के बीच निराशा को भी आशा समझकर चलना जरूरी होता है सोम! पिताजी की बातों को याद करके तुम्हें इस सच्चाई को मानना ही होगा। यह क्यों भूल रहे हो कि अच्छे-खासे प्रमाणपत्रों के साथ भी लोगों को जब नौकरी नहीं मिल रही, तो तुम अधूरी पढ़ाई के रहते कैसे पार पाओगे! परिस्थिति को समझकर मेरी बात को महत्त्व दो और चलो आखिरी बार हम फिर से खेत में जुट जाएँ।''

''भैया, एक बात कहूँ!'' लम्बी चुप्पी के बाद विमला ने कहा।

''तुम क्या कहना चाहती हो?''

''मुझे कॉलिज भेजकर जो अनावश्यक खर्च होता है उसे क्यों नहीं रोक लिया जाता!''

''तुम्हारा मतलब है तुम्हारा कॉलिज जाना अनावश्यक है!''

"व्यर्थ में खर्च बढ़ता है।"

"तुम्हें इससे क्या!"

"मैं नहीं चाहती कि मेरे कारण इस घर...।"

उसके वाक्य को बीच ही में काटते हुए हीरा ने कहा, "तुम्हारे चाहने, न चाहने की बात अभी नहीं उठती है विम्मू! हम दोनों भाई तुम्हें पढ़ाना चाहते हैं और सब कुछ सहकर भी तुम्हें पढ़ाएँगे।"

"लेकिन भैया...।"

"जब तुम्हारी राय की आवश्यकता होगी तब हम पूछ लेंगे।"

कुछ देर बाद करुणा और विमला वहाँ से उठकर सोने चली गईं, पर हीरा और सोम काफी देर तक बातें करते रहे। अन्त में हीरा को इस बात की खुशी हुई कि सोम उसके अनुरोध को मान गया है। उसकी खुशी इतनी सजग थी कि तुरन्त सो जाना उसके लिए कठिन था।

सुबह उठकर दोनों भाई खेत पर चले गए।

विमला भी कॉलिज चली गई। करुणा आँगन बुहार रही थी कि हीरामन के लड़के ने साइकिल की घंटी बजाई। करुणा उसे पहचानती थी, इसलिए सीधे खड़ी होकर उसने पूछा, "क्या बात है रघू?"

"तार है।"

"किसके लिए?"

"तुम्हारे लिए।"

"मेरे लिए?" आश्चर्य में पड़ी उसने हाथ बढ़ाकर तार लेना चाहा कि तभी रघू बोल उठा, "हस्ताक्षर करना होगा।"

"पर मुझे तो नहीं आता।"

नीले रंग का कागज उसकी ओर बढ़ाते हुए रघू ने कहा, "यहाँ पर एक क्रॉस तो कर सकती हो।"

और जब करुणा को क्रॉस शब्द भी समझ में नहीं आया तब उसने उससे क्रिओली में कहा और करुणा ने उसके हाथ से कलम लेकर काँपते हाथ से कागज पर क्रॉस कर दिया।

रघू के चले जाने पर उस पीले रंग के लिफाफे को हाथ में लिये वह क्षण–

भर असमंजस में पड़ी रही। यह जानते हुए भी कि उसके हाथ में तार था, वह नहीं समझ पा रही थी कि करे तो क्या करे! पहली बार उसके हाथ में कोई तार आया था पर वह जानती थी कि तार में जिस बात की खबर होती है वह साधारण बात नहीं होती। एक अज्ञात आशंका से काँपते हुए उसने अपने हाथ के झाड़ू को नीचे गिर जाने दिया। झपटकर उसने दरवाजे बन्द किए और पड़ोस की एक छोटी-सी लड़की को साथ लेकर नदी की ओर दौड़ पड़ी।

किसी तरह हाँफती हुई वह खेत पहुँची। दोनों भाइयों ने उसे दूर ही से देख लिया था। हीरा से पहले ही सोम ने उसके सामने पहुँचकर पूछा, ''क्या बात है? तुम इस तरह घबराई हुई क्यों हो?''

वह हाँफ रही थी। बिना कुछ कहे उसने अपने हाथ के पीले लिफाफे को सोम के हाथ पर रख दिया। सोम ने लिफाफे की ओर देखा और काँपती अँगुलियों से उसे खोलने लगा। इतने में हीरा भी लँगड़ाता हुआ वहाँ पहुँच गया था।

''क्यों, क्या बात है करुणा!''

''तार आया है।'' सोम के हाथ के लिफाफे की ओर संकेत करते हुए उसने कहा।

तब तक सोम तार पढ़ चुका था। बिना कुछ कहे उसने तार हीरा के हाथ में थमा दिया और करुणा की ओर देखने लगा।

''क्या लिखा है?'' करुणा ने पूछा।

''कुछ नहीं करुणा!''

करुणा सोम से आँखें हटाकर हीरा की ओर देखने लगी थी जो फ्रेंच कम जानने के कारण तार को अब भी पढ़ रहा था। तार पढ़ लेने के बाद हीरा ने करुणा की भोली आँखों में देखा और इस खयाल में डूब गया कि आखिर किस तरह करुणा से यह कहा जाए कि कैदखाने में उसकी माँ की अकस्मात् मृत्यु हो गई है।

अठारह

वही खामोशी! वही मायूसी!

यह वही करुणा थी जिसे आज से बहुत पहले सोम ने देखा था। जिसकी आँखों में नदी की गहराई थी, जिसके चेहरे पर एकाकीपन की उदासी थी। वही करुणा जो सोम को बहुत प्यारी थी, एक दर्दनाक परिष्कार के बाद चुप हो गई थी। वही चुप्पी, वही रहस्य! उसने पहली बार उस करुणा की आँखों में आँसू देखे। पहली बार उसे किसी को अपना सर्वस्व समझ उससे लिपट जाते देखा। वह हीरा था जिससे वह चिल्लाती हुई लिपट गई थी। कोई और होता तो सोम दाह की भावना से क्षार होकर वहाँ से भाग जाता। उसे अपनी जिन्दगी की सबसे बड़ी हैरत हुई थी। फिर भी वह अपलक खड़ा-का-खड़ा रह गया था। तभी उसने सुना था करुणा की दर्दभरी आवाज को, ''अब मेरा कोई नहीं रहा।''

हीरा उसे अपनी बाँहों में बाँधते हुए धीरे-से बोला था, ''मैं अभी जीवित हूँ करुण!''

अपनी आँखों और कानों पर सोम को पहले तो विश्वास ही नहीं हुआ। वह खड़ा रहा, सोचता रहा, अन्धा और बहरा-सा बनकर। खीजते हुए उसने अपने आपसे कहा था, 'क्या यह सम्भव है! तो फिर यह बात मुझे पहले ही मालूम हो जानी चाहिए थी।'

अपनी बहन के सामने पहुँचते हुए भी वह अपने आपसे प्रश्न करने में लगा हुआ था, 'यह कैसे हो गया! क्यों हो गया!'

उसने अपनी बहन विमला से भी कई प्रश्न किए जिनमें यह उसका अन्तिम प्रश्न था, 'तो तुम जानती थीं कि भैया और करुणा एक-दूसरे को चाहते हैं!'

विमला के हामी भर देने पर उसके मन में आया कि उससे यह भी पूछे कि क्या वह यह नहीं जानती थी कि करुणा को वह खुद पहले दिन से प्यार करता था। दूसरे ही क्षण यह प्रश्न न करके उसे ऐसा आभास हुआ कि उसने अच्छा ही किया।

"तुमने यह बात मुझे पहले ही क्यों नहीं बताई विम्मू!"

"वाह! यह बतानेवाली बात थोड़े ही थी।"

इस उत्तर के बाद सोम ने सोचा कि अच्छा ही हुआ। विमला उसके इस पिछले प्रश्न की गम्भीरता को परख नहीं पाई थी। वह खयालों में डूबा हुआ था कि तभी विमला पूछ बैठी, "तुम्हें इस बात की खुशी नहीं?"

"किस बात की?" खयालों से छूटते हुए सोम ने पूछा।

"यही कि वे दोनों एक-दूसरे को प्यार करते हैं!"

"भला मुझे खुशी नहीं होगी तो और किसे होगी! पर सचमुच ही ये एक-दूसरे को बहुत अधिक चाहते हैं?" सोम ने खोये-खोये प्रश्न-सा किया।

"इतना अधिक कि तुम्हें विश्वास नहीं होगा।"

लोग आदमी के चाँद पर जाने की बात पर आश्चर्य कर रहे थे और सोम घंटे-भर पहले जो कुछ देख चुका था उस पर आश्चर्य कर रहा था। क्षार होकर भी वह अपने को क्षार मानने को तैयार नहीं था।

और दूसरे दिन जब सोम ने अपने को करुणा के सामने पाया तो उसकी अपनी पलकें नहीं उठ पा रही थीं। काफी देर तक दोनों एक-दूसरे के सामने मौन खड़े रहे। उस खलनेवाली खामोशी को तोड़ने का साहस सोम ही ने किया था, "मुझे माफ कर देना करुण!"

करुणा की पलकें ऊपर उठीं और उसने धीरे-से पूछा, "कैसी माफी!"

"प्रश्न करके मुझे अधिक शर्मिन्दा मत करो।"

"पर तुमने तो कुछ भी ऐसा नहीं किया जिसके लिए माफी माँगना जरूरी है।"

"जी चाहता है तुम्हें अभी से भाभी कहने लग जाऊँ!"

करुणा की पलकें अपने आप झुक गईं। उसने जो महसूस किया, वह एक आत्मशान्ति थी। उसके सिर पर जो बोझ रखा था सोम ने उसे अपने ही हाथों हटा दिया। अपनी आँखों को मूँदकर करुणा ने एक लम्बी साँस ली और जब उसने आँखें खोली, उस समय उनमें कृतज्ञता की झलक थी।

कुछ ही क्षण पहले करुणा ने विमला से कहा था, ''तुम जैसी बहन और सोम जैसे भाई को पाकर मैंने सभी कुछ पा लिया है विम्मू!''

''और भैया को पाकर?'' शरारत भरे स्वर में विमला पूछ बैठी थी।

''उन्हें पाकर तो भगवान को पाया है।''

विमला को ऐसा लगा था कि करुणा ने यह बात अपने होंठों से न कहकर हृदय से कही हो।

सोम को खाना परोसकर करुणा जब रसोईघर से निकलने लगी तो सोम ने उसे रोकते हुए कहा, ''कहाँ जा रही हो भाभी!'' सोम के इस स्वर में एक कसक, एक पीड़ा थी। एक ऐसा भोला-भाला दर्द था जिसे करुणा परख न पाई। ठिठककर उसने पूछना चाहा कि वह अभी से उसे इस सम्बोधन से क्यों पुकारने लगा, पर ऐसा न पूछकर उसने कहा, ''कपड़े धोने हैं।''

''घाम है, बाद में भी तो धो सकती हो!''

''यहाँ तो कोई काम नहीं।''

''तुम हमेशा केवल काम की बात करती रहती हो!''

''तुम्हारे कहने पर कुछ मिनट के लिए बैठ जाती हूँ।''

''देखना, तुम्हारे सामने होने पर मैं खुराक से भी अधिक खा लूँगा।''

हमेशा अपने बड़े भाई के बारे में सोचते हुए सोम को इस बात की चिन्ता सताती रहती थी कि उसे अपाहिज जानकर न जाने कोई लड़की कभी उसकी पत्नी बनना पसन्द करेगी भी या नहीं। आज अपने उस प्रश्न का सन्तोषजनक उत्तर पाकर वह खुश था। यह एक महँगा सौदा था, पर खुशी भी कम दुर्लभ नहीं थी इसलिए उसे उसकी महँगाई का जरा भी गम नहीं था।

ठंड समाप्त होने लगी थी और हवा में उमस बढ़ रही थी। इससे घर की पाँचों खिड़कियाँ खुली रहतीं। कपड़े धोने के बाद करुणा जब घर के भीतर पहुँची उस समय विमला कोई पत्र पढ़ रही थी। करुणा को देखकर उसने पत्र

को पीछे कर लिया। करुणा हँस पड़ी, ''मुझे अंग्रेजी-फ्रेंच थोड़े ही आती है।''

''मैंने सोचा था भैया है।''

''जैसे कि उन्हें कुछ मालूम ही नहीं।''

कोने से गोरपोंछवा लेकर करुणा अपने भीगे पैरों को पोंछने लगी। इसके बाद अपने आँचल से पहले मुँह और फिर हाथों को पोंछते हुए उसने कहा, ''जानती हो कल रात तुम्हारे दोनों भाई कौन-सी बात कर रहे थे?''

''नहीं तो।'' उसके स्वर में जिज्ञासा थी।

''इस घर में सबसे पहले तुम्हारी शादी होगी।''

''वे दोनों पागल तो नहीं हो गए?''

''बुला लाऊँ दोनों को?''

''क्यों?''

''पूछ लेती।''

''क्या पूछना है?''

''कि कहीं सचमुच ही वे दोनों पागल तो नहीं हो गए!''

''करुण, इस घर में तुम्हारी शादी सबसे पहले होगी।''

''और मैं कहती हूँ, तुम्हारी।''

और दोनों बच्चों की तरह तू-तू मैं-मैं करती रहीं। बाद में जब विमला को विश्वास हो गया कि सचमुच ही कल रात इस तरह की बात उसके भाइयों के बीच हुई थी और उसकी शादी की बात चल भी पड़ी है तो उसने करुणा से पूछा, ''तो फिर भैया यह क्यों कह रहे थे कि तुझे सीनियर की परीक्षा देनी ही होगी!''

''शायद सुरेन ही ऐसा चाहता हो!''

विमला अपने ही खयालों में खोई रही और करुणा अपनी धुन में कहती गई, ''इस घर में तुम्हारी कमी सभी को खटकेगी! मुझे तो तुम्हारे बिना रहना बड़ा ही कठिन लगेगा विम्मू!''

''मैं भैया थोड़े ही हूँ।''

''सच मानो विम्मू, मुझे तो यह सोचकर ही अजीब लगता है कि तुम मुझसे दूर चली जाओगी।''

''ऊपर से कह रही हो! कौन जाने मन-ही-मन मनाती होगी कि मैं जल्द ही चली जाऊँ।''

''मैं तो सोचती हूँ तुम हमसे दूर जाने की जल्दी में हो। सच कहो विम्मू, जा सकोगी!''

''तुम्हारे हृदय से दूर कैसे जा सकूँगी करुण!''

''सोम मुझे भाभी कहता है। अभी से ही।''

''तुम्हारा यह मतलब तो नहीं कि मुझे भी अभी से तुम्हें भाभी कहना होगा!''

''नहीं विम्मू, तुम हमेशा मुझे इसी नाम से पुकारना!''

''क्यों?''

''मुझे बहुत अच्छा लगता है।''

''भैया पुकारने दे तब तो!''

''विम्मू, आज तुमसे एक बात पूछना चाहती हूँ।''

''बातें तो तुम रोज पूछा करती हो।''

''आज एक खास बात पूछनी है।''

''तब तो उत्तर भी खास ही देना होगा।'' मुँह बनाती हुई विमला बोली, ''खैर, पूछो तो सही।''

''तुम तो पढ़ी-लिखी हो, मुझसे अच्छी तरह जानती होगी।''

''क्या?'' विमला ने उसे ताकते हुए पूछा।

''आदमी एक-दूसरे को प्यार कैसे कर बैठता है!''

''मैं क्या जानूँ!''

''तो फिर तुम्हारा इतना कुछ पढ़ना-लिखना किसी काम का नहीं!''

''मैंने तो सुना है कि प्यार किया नहीं जाता।''

''तो फिर!''

''वह अपने आप शुरू हो जाता है।''

क्षण-भर सोचते रहने के बाद करुणा ने बड़ी ही गम्भीरता से कहा, ''शायद तुम ठीक ही कह रही हो। तुमसे एक और बात पूछनी है विम्मू! क्या सभी घरों में इसी तरह का सुख होता है?''

"यहाँ सुख है!"

"इतना सुख तो मैंने कहीं नहीं देखा। हाँ विम्मू, इतना सुख!"

"तुमने सुख देखा ही कहाँ!"

"तो फिर क्या देखा है मैंने!"

"जब से यहाँ हो दुख के सिवाय देखा ही क्या है तुमने!"

"दुख अगर इसी तरह का हुआ तो मैं तो फिर बार-बार भगवान से यही माँगूँगी विम्मू! यह ठीक है कि मेरे कारण इस घर में अनेक मुसीबतें आई हैं लेकिन जब मैं अपने बारे में सोचती हूँ तो यह कहना और मानना ही पड़ेगा कि मैंने इस घर में केवल सुख-ही-सुख पाया है।"

"जिस दिन तुम सचमुच ही सुखी हो जाओगी उस दिन उस सुख को जाने तुम क्या कहोगी!"

"मैं यह नहीं मानती कि इससे सच्चा सुख कुछ और भी हो सकता है।"

"अब मैं एक बात कहूँ करुण!"

"कहो।"

"तुम बड़ी ही रहस्यमय हो।"

"तुम्हारा मतलब है, मैं तुम्हारी समझ में नहीं आती!"

"हाँ। एकदम ज्यामिति के सवालों की तरह!"

"यह ज्यामिति क्या होती है?"

"बेहतर है कि न जानो।"

"तुम मुझे रहस्यमय क्यों कहती हो?"

"क्योंकि तुम्हें समझना कठिन है।"

"पर मैं तो तुम्हें समझ पाती हूँ।"

"केवल इसलिए कि मैं रहस्यमय नहीं।"

"तो मेरे रहस्यमय होने का कारण क्या है?"

"कभी दिन बीत जाता है और तुम एक वाक्य भी नहीं बोलतीं। कभी इतना अधिक बोलती और प्रश्न करती हो कि मैं तो अनसा जाती हूँ। कभी उदास रहती हो तो कई दिनों तक और कभी जहाँ रहती हो मन-ही-मन हँसती रहती हो।"

''बस इसीलिए मैं रहस्यमय हूँ! तो फिर ठीक है, अब कभी उदास रहूँगी ही नहीं और सच मानो चुप भी नहीं रहूँगी। अगर सामने कोई न हो तो पेड़-पौधों और कुत्ते-बिल्लियों से बातें करती रहूँगी।'' हँसती हुई करुणा ने विमला की कमर में जोर की चिकोटी ले ली।

दूसरे दिन की सुबह बड़ी ही सुहानी थी। ठंड बिलकुल नहीं थी और पत्तों से झाँकते सूरज की प्रथम रश्मियों में उष्णता भी नहीं थी। रास्तों में चहल-पहल शुरू हो गई थी। सक्रियता के कारण चारों ओर कोलाहल था। हमेशा की तरह हीरा पहले ही खेत चला गया था। भात की टोकरी लिये सोम जैसे ही घर से बाहर हुआ कि यूसुफ और राधन उसके सामने आकर खड़े हो गए।

''सुबह-सुबह तुम दोनों इधर कैसे टपक पड़े!'' सोम ने झट पूछा।

''सोम, तुम्हारा आज खेत जाना ठीक न होगा।'' यूसुफ ने कहा।

आश्चर्यचकित सोम ने अपने दोनों मित्रों की ओर देखा और फिर अपने होंठों के बीच मुस्कान लाते हुए धीरे-से पूछा, ''मेरा खेत जाना ठीक नहीं? पर क्यों?''

''प्रश्न न करो सोम, हमारी बात मान जाओ।'' उसके कन्धे से भात की टोकरी लेने की कोशिश करते हुए राधन ने कहा।

एक कदम पीछे हटकर सोम ने उसे टोकरी लेने से रोक दिया और तब अपने में गम्भीरता लाते हुए उसने पूछा, ''आखिर बात क्या है?''

''जोगिया के भाई तुमसे आज बदला लेने की ठाने बैठे हैं।''

''यह बात तो बहुत पहले से सुनता आ रहा हूँ।''

''वे आज तुमसे बदला लेकर रहेंगे।'' यूसुफ ने उसके सामने दोनों हाथों को फैलाते हुए कहा।

''मुझे रोकने की कोशिश मत करो यूसुफ।''

''सोम, कुछ दिनों के लिए तुम खेत नहीं जा सकते।'' राधन ने कहा।

''कुछ दिनों के लिए! और मैं कहता हूँ कि खेत पहुँचने से मुझे कोई भी रोक नहीं सकता, मौत भी नहीं। कल ही तो तुम दोनों से कहा था न कि खेत से मेरी शादी हो गई है, फिर मुझे वहाँ पहुँचने से रोक कौन सकता है।''

''नहीं सोम, जिद मत करो।''

''जिद तो तुम दोनों कर रहे हो। मुझे खेत पहुँचना है। मेरा भाई बिना चाय पीए ही चला गया है। मैं अपने साथ उसकी चाय लिये हुए हूँ। और फिर मेरी जगह भी वही है, जहाँ मेरा भाई है।''

''नहीं सोम...।''

उन दोनों के लाख रोकने पर भी सोम आगे बढ़ ही गया। खेत से दूर रहना उसके लिए कठिन था। इसलिए तेज चाल से वह उस ओर चल पड़ा जहाँ की हरियाली से उसने सचमुच ही शादी कर ली थी। वह चलता रहा बिना इस बात का खयाल किए कि उसके दोनों दोस्त भी उससे कुछ फासला रखे उसके पीछे-पीछे आ रहे हैं। उसका खेत अधिक दूर न था। वह चलता रहा। उसके भीतर किसी भी तरह का कोई डर नहीं था, क्योंकि डरना तो उसने कभी सीखा ही नहीं था। वह चलता रहा...।